ハヤカワ文庫JA

〈JA1576〉

知能侵蝕3

林　譲治

早川書房

9076

目次

知能侵蝕3

登 場 人 物

■国立地域文化総合研究所（ＮＩＲＣ）

的矢正義……………………………理事長兼最高執行責任者
大沼博子……………………………ＡＩ担当理事。副理事長
町田泰造……………………………法務・マクロ経済担当理事。副理事長
新堂秋代……………………………災害・事故調査担当理事
大瀧賢一……………………………宇宙開発担当理事
荻野美恵……………………………医療・公衆衛生担当理事

■ＩＡＰＯ

ハンナ・モラビト博士……………事務局長
加瀬修造……………………………ＮＡＳＡ臨時職員

■自衛隊関連

朝倉椎馬一等空佐…………………統合作戦司令部後方部
今宮周平空曹………………………同・給養員
長嶋和穂二等空尉…………………筑波宇宙センター第三管制室観測班長

■中央アフリカ

島崎恒雄一等陸佐…………………陸上自衛隊第一特別機動偵察小隊・小隊長
ジーン・ボカサ……………………元国連職員
アナイス・トァデラ………………貿易業者

■米空軍最新鋭機アリカント

ショーン・メルダー空軍大佐……機長
キャメロン
・ブキャナン空軍中佐……ナビゲーター

■米原潜サンフランシスコ

ケイト・マルグルー海軍大佐……艦長
マーク・ジョーンズ海軍大尉……甲板士官

■オシリス

宮本未生……………………………航空宇宙自衛隊一等空佐
武山隆二……………………………技術者
相川麻里……………………………不動産経営者
矢野卓二……………………………建設会社社員
山岡宗明……………………………陸上自衛隊二等陸尉

1　山岡村

二〇三X年五月二八日・オシリス

突然現れた山岡宗明《やまおかむねあき》二等陸尉と名乗る人物が、ミリマシンの集合体であったという事実は、武山隆二《たけやまりゅうじ》や相川麻里《あいかわまり》、矢野卓二《やのたくじ》、宮本未生《みやもとみお》の四人の人間関係に微妙な影を落としていた。それは自分以外の三人は、本当に人間なのかという疑念である。

もちろん他の四人と比較して山岡は、最初から会話などをしていても、その反応はおかしかった。いまひとつ内容を理解していない点があり、会話そのものも長くは続かなかった。ただそれは、彼がチューバーに殺されかけるという強いストレスにさらされたことによる、心的外傷のせいだろうと思われていた。

だが、そんな山岡はミリマシンの集合体であり、人間ではなかった。そしてこの事実は四人の前に多くの謎を突きつけた。一つは山岡なる人物は実在する人間のコピーなのか、オビックが勝手に作り上げた架空の人物なのかがわからない。

この点では同じ自衛官の宮本もあまり助けにはならなかった。自衛官といっても宮本は航空宇宙自衛隊、山岡は陸上自衛隊である。何百人、何千人といるであろう小隊長の名前を宮本がすべて把握していたとすれば、そっちの方が不自然だ。

とはいえ山岡が架空の人物であったとしても、その完成度は十分脅威だが、実在する人物の複製であった場合、オビックは（受け答えに問題はあるとしても）人間の複製を製造する能力があるだけにとどまらない。それが自衛官を名乗ったことからも、人類の社会についてそれなりの情報をすでに把握していることを意味する。

オビックがこうした人間の複製能力の精度を高めた場合、人類社会に偽物を送り込むことさえ可能となる。そうした形の侵略をオビックが目論《もくろ》んでいる可能性さえ浮上してくる。

これに関して、山岡は実在の人物ではないと強く主張しているのは卓二だった。理由は彼にとって切実だった。山岡は崖から卓二のものらしい自動車が落下しており、その中に首のない運転者がいたと証言していたからだ。

山岡の証言が事実であるとすれば、卓二もまたオビックにより造られた複製の可能性があるからだ。もっとも、それは武山からも麻里からも否定された。武山も自分の記憶に信じがたい部分はあるものの、卓二が同じ宇宙船に乗っていた記憶がある。麻里は卓二には脈があり、心臓の鼓動も感じられ、肉体の感触が同じだから間違いないと言う。

　こうしたことから四人の生活は、最初に決めた、衣食を共にする人間の組み合わせを変えるという方式が早々に終わりを迎えていた。卓二と麻里は共同生活を行い、武山と宮本は別々に生活していた。

　あるいはそれは一時的な現象に過ぎないのかもしれないが、ともかくここしばらくの生活は単調ではあったが安定していた。食料はパンがなくなり緑色の羊羹《ようかん》のようなものだけになったが、チューバーが妨害することはなくなった。水場の横に四人分の食料が置かれている。それを順番に取りに行く。チューバーと接触することはなくなったのだ。

　卓二と麻里は先日手に入ったチューバーの残骸を利用して、手近の材料で食器類などを作っていた。宮本は脳の活動を低下させないためということで、昔読んだ小説を記憶だけで書き記していた。このように三組はほとんど没交渉状態にあった。

　そんな中で武山は、宮本が持参した宇宙服の無線機を改造することで時間を潰していた。いわゆるソフトウエア無線機と呼ばれるもので、コンピュータそのものをソフトウエアにより無線の送受信機にするというものだった。

　そんなことができるようになったのも、戦闘で破壊したチューバーの残骸が手に入ったおかげだ。チューバーの胴体の中に蓄電池があり、そこから電力を手に入れられたのである。さすがにチューバーの電池を無線機に繋ぐような無謀な真似はしない。部品と一体化していた導線を抜き取りコイルを作ったり、電気の昇圧回路を作るなどしたのである。

それでわかったのは、チューバーが非常に単純な構造のロボットだということだ。金属パイプの胴体や手足の関節にモーターを取り付ける。センサーの構造は手持ちのわずかな道具ではわからないが、どうやら中枢部のコンピュータがすべてを適切に制御して、あのような動きを実現しているらしい。

その制御技術は驚くべきものだが、ハードウエア自体は単純で、少しばかり目端のきく小学生なら自由研究で組み立てられるようなものだった。もっとも技術者としての武山は複雑な動きをするロボットの構造を、ここまで単純な形に落とし込めた設計に、オビックの高い技術力を感じていた。

チューバーを見る限り、オビックはハードウエアの構造は可能な限り単純化して、ソフトウエアの工夫で複雑な動きを実現していると思われた。

エンジニアとして武山はオビックの開発手法が信じられなかった。ハードウエアを単純化できるのは魅力としても、それで多種多様な任務に対応しようとすれば、ソフトウエアの開発は途轍もなく困難な作業になる。なおかつ、そのソフトウエアが正常に機能するかどうかの検証も一筋縄ではいかないだろう。

ただ、現実にオビックがこんな方針でチューバーを開発していたとすれば、そこには必然性があるのだろうとも武山は思った。一つ考えつくとすれば、オビックといえども母星から遠く離れた地球で機械類を製造するとなれば、可能な限り構造を簡略化することを強いられるのかもしれない。

そのことはおそらく、ミリマシンの制御に何らかの技術的な制約があることを意味しているのではないか。同時にオビックの社会ではチューバーは枯れた技術であり、ソフトウエアに関する問題はすでに解決されていると考えるべきなのだろう。

それでも武山は、この仮説でも山岡がミリマシンを吐き出しながら崩壊した事実は説明できないこともわかっていた。ミリマシンとチューバーでは技術水準に大きな隔たりがあるように思われたからだ。

そんなことを考えながら、武山は作業に没頭していた。何を目的としているかといえば、ソフトウエア無線機を改造して、超音波で距離を計測する装置を壁につけて音を察知するものだ。センサーには無線機のマイクとスピーカーが利用できるので、あとはソフトウエアだけだ。

超音波での距離の計測は、自分たちの住んでいるこの地下道全体の構造を探るためだ。

オシリスのどこかに宮本未生一等空佐が乗ってきた居住モジュールがあるはずだし、矢野卓二が目撃した格納庫には宇宙船があるかもしれない。

自力で脱出できないとしても、地球との通信手段を確保する方法を見つけるためには、オシリス内部の構造を知ることが不可欠だ。そのための道具を作っていたのである。

ただ、他にも理由があった。山岡がミリマシンにより解体されるという衝撃的な出来事があってから、四人の関係性が明らかに変化したからだ。麻里と卓二にしても、この二人で閉じているように見える。宮本はもともと自分たちとは距離を置いていたし、武山自身も他人を避けている自覚はあった。

そんなことはまずないとわかっていても、自分以外の人間がやはりミリマシンによって作り上げられた可能性を考えてしまうのだ。それだけではない。自分の記憶はどこまで信用できるのか？　そのこともまた武山を悩ませていた。

武山と麻里と卓二は、同じ日に同じ宇宙船によってオシリスに運ばれてきた。しかし、三人の記憶が一致しているのはそれくらいだ。それ以外の部分については食い違いが多かった。武山に至っては、麻里や卓二が死んだ場面を目撃した記憶がある。ところがその麻里や卓二は、武山が死ぬのを目撃していたというのだ。

それでもこの不一致は、極限状態における記憶の混乱や認知の歪みで説明できると思っていた。そう、山岡がミリマシンに解体するまでは。現時点で麻里と卓二の記憶に一致点が多く（あるいはそう思い込もうとしてるのか？）、武山との相違点が多い。そうしたことからあの二人は武山とは距離を取るようにしていると見えた。もちろん敵意を向けられるわけではなく、親密は親密だが壁ができているのも感じられるのだ。

宮本の場合はもっと明快だ。彼女には自身の記憶に関する疑念は微塵もないようだった。彼女だけはチューバーに誰かが殺されるような情景さえ目にしていないからだ。

その状況で山岡が現れ、ミリマシンにより解体した。山岡が人間の模造なら、自分たちはどうなのか？　そんなことを考えているようだ。

一方で、武山たちからすれば山岡にせよ宮本にせよ、本当に自衛隊にそんな人物がいたのかどうかさえ確認できない。だから宮本がミリマシンに模造された人間なのか、本物の人間なのかを彼らには確認する術がない。

武山が持ち込んだマルチツールのナイフで身体のどこかを切ってみるという案も冗談で出たことはあったが、実行はしなかった。それはやり過ぎだろうという点で四人の意見が一致していたのと、自分が模造された人間だったらどうするかという恐怖を四人とも大なり小なり抱えているためだった。

それに共同生活の中で、山岡だけが他の四人よりも反応がおかしかったという事実が、身体を切り裂いて確認するという強硬手段をためらわせたのだ。

そうした中で武山が超音波センサーを作り上げたのは、バラバラなオシリスの四人に共通の問題意識を持たせて、関係改善を図ろうと思ったためだ。

結局のところ、仮に誰かがミリマシンによる人間の模造であったとしても、日常生活ではほとんど識別不能であり、何より重要なことは、当人が自分を人間と思っているなら、それはつまり人間ではないか。ここしばらくの孤立生活の中で、武山はそうした結論を抱くに至っていた。

そうして無線機のソフトウエアを書き換えた超音波計測器は完成した。計測前のテストとして、ここで武山はマイクを自分の身体に当ててみた。心臓の鼓動など、身体から自分が人間であることを確認できると気がついたのだ。

マイクを自分の胸につけるまでに、葛藤があった。自分は本当に人間なのか？　そうでなかったら？　そんな不安があったからだ。それでも武山は目を閉じてマイクを胸に押し付ける。コンピュータは心音と消化器官の音を表示するだけだった。不自然な機械音の類はマイクからのデータには含まれていない。

武山はそのことに安堵すると、すぐに自分が開発した機械を持って、まず麻里と卓二の住居に向かった。いきなり飛び込んできた武山に、二人は明らかに警戒し、麻里に至っては石を握っていた。

「僕らが人間であることを証明できるんだ！」

　武山はすぐに機械を示しながら、自分がやったことを伝えた。彼の説明に麻里も卓二も明らかに興味を示した。そこで武山はもう一度、二人の前で装置の実演を行なった。

「わかるだろ。ミリマシンの活動している音は検出されない。だから人間なんだよ。お前たちもこれで自分が人間だというのを証明できる」

「マイクを胸に押しつけて、このボタンを押す。それでいいのね」

　麻里は武山に確認する。

「そうだ」

「だったら隆二はあっち向いてて。卓二、使えるよね？」

　そうして武山が後ろを向いている間に、麻里と卓二は互いに体内の音波を調べていたようだが、どちらからも機械音は観測されなかった。それはログで武山が確認しても間違っていなかった。

　三人が本当に人間であると確認できたことで、彼らはいつになく饒舌《じょうぜつ》になり、そしてそのまま宮本の洞窟に押しかける。

　三人が押しかけてきたことに、明らかに警戒した宮本だった。むしろ彼女は自分がこの三人に襲われることさえ考えていたらしい。それだからか、宮本はカーボンファイバーの槍を用意し、三人に対して構えていた。だが武山がそんな彼女に超音波計測器をかざして説明する。

宮本は早口で捲《まく》し立てる武山よりも、彼の手にしているのが貴重なコンピュータ機器であることに、とりあえず構えていた槍を収めた。

「これで我々が人間であることを証明できるんですよ！」

宮本が納得すると、麻里が宮本の試験に立ち会うという。一人だけだと証明にはならないというわけだ。ということで、卓二と武山は麻里を残して宮本の住居の外に出る。

数分後に麻里が機材を持って、宮本と現れる。彼女もまた人間だった。

「結局のところ、我々は疑心暗鬼に陥って、ありもしない脅威に怯えていたわけね」

宮本はいつになく和《やわ》らいだ表情でそう述べた。そのことで武山は彼女が抱えていたストレスについて思い至る。武山たちは高校からの友人だが、宮本にはそんな人間はいない。さらに四人のうちの誰かがオビックにより複製された人間かもしれないのだ。

誰もが疑心暗鬼に陥っていた中で、宮本だけはさらに孤独感を覚えていたのだ。だが武山も他の二人も、自分たちのことで手一杯で宮本の孤独に想いを寄せる余裕などなかった。その不信感が武山が改造した無線機で雲散霧消した。もっと早く改造すればよかったと武山は心底思った。

一連の出来事で、最初に武山が考えたオシリス内の超音波調査についても、全員の同意と協力が得られることとなった。武山以外の三人にしても、日常生活を送る以上に意味のある活動を求めていたからだ。

とはいえ、実際の作業は単純なものだった。超音波を発するスピーカーを一個置いて、そこから離れた位置に三つのマイクを置き、反射波を察知するというそれだけのことだ。難しいのは規則に従ってマイクの配置を変えてゆくことで、ここに人手が必要だった。

それでも四人は単純作業に見える調査を飽きることなく続けた。四人がこうして一つの作業を続けることに価値があると思えたからだ。それは自分が人間であることを確認する行為でもあったからだろう。

そうして一応のデータが集まったのは五月二八日だった。意外に早くまとまったのは、観測精度が比較的荒いことと、何よりオシリスそのものが差し渡し五〇〇メートル程度の小惑星であるからだ。

そしてデータがある程度集まった一番の理由は、現段階で最優先で調査されたのが居住区周辺の地下通路の構造だったためだ。オシリス全体ではなく、自分たちが住んでいる領域周辺を優先したのだ。宮本をオシリスまで運び、卓二が放浪している時に遭遇した居住モジュール、それはどこにあるのか？　その位置関係を知ることが重要と判断されたのだ。

居住モジュールはオシリス調査のために宇宙カプセルとともに打ち上げられ、これだけがオシリス内に収容された。卓二の目撃証言を信じるなら、まだ原型をとどめている可能性が高い。居住モジュールでオシリスから脱出できる可能性は低いとしても、その通信設備を利用すれば地球との通信衛星経由の連絡はできるはずだ。

さらに宮本や卓二の話から判断して、居住モジュールが収容されている空間と自分たちの居住区はそれほど遠くないように思われた。地下道を掘削するのが現実的かどうかはわからないが、まずは手段を検討するためにも位置関係を確認する必要があった。

そうした作業は、ソフトウエア無線機を改造した超音波計測器とタブレットコンピュータによる解析で行われた。分析した武山は、他の三人を招集して結果を示す。タブレットには、自由研究のアリの巣の模型を思わせるような立体的な地下道の様子が描かれていた。

「少し前から地下道の組み替えが停止しているのはみんな知ってると思うけど、それは間違いないようだ。本当ならどことも繋がっていない通路が残されているはずだけど、そんなものはもうない。使われていない通路の組み合わせは埋められている。オビックは地下道の組み替えはやめたらしい」

武山のその説明は、他の三人もわかっていたことなので、特に反応はない。ただ全員が次に進めと目で言うだけだ。

「そして格納庫らしい地下の空洞は、二つある。一つはいま我々のいる場所の五メートル下。もう一つは水と食料を確保している水場の真下、概《おおむ》ね一〇メートルほどのところにある。大きさではこっちの方が広い。さすがにこの装置では、地下に居住モジュールがあったとしても、その形状までは分析できない。あとこの二つの地下大空洞は繋がっていると思うのだが、その通路は見つけられていない」

「それでもここの地下を五メートル掘削するなら何とかなるんじゃないかな。とりあえず人ひとりが通過できるだけの穴を掘削できたら、居住モジュールを稼働させることはできるでしょ」

　麻里は言外に自分が通過できる穴の掘削を考えているようだった。それは宮本も同様らしい。体型的に宮本も麻里も大差ないし、武山や卓二よりは小柄だから現実的ではある。しかし、武山はさらに解析結果を伝える。

「ただ、いま掘削を行うのが正しいのかどうか、ちょっと懸念事項がある」

　武山はタブレットの表示をグラフに切り替える。

「これは超音波の反射波とともに感知されたノイズの波形だ。こっちの振動の方が強い。反射波は信号解析でなんとか感知できるくらいだ。

それで問題は、この強力な振動が、オシリスの広範囲な部分から発していることだ」

「それはオシリスが震えているってこと？　軌道を変えるとか何かで？」

宮本が尋ねる。武山は信号解析を行なったので状況はわかっていたが、確かにオシリスが広範囲に振動しているとだけ聞けば、小惑星宇宙船として軌道を変えるようなことを考えるのが自然だろう。

「軌道は変わらない。そもそもオシリスの質量のほとんどがマイクロブラックホールだから、これが振動しない限り、オシリス全体の振動はありません。振動はオシリス内でもっともブラックホールから遠い領域、つまり我々がいる居住区画で観測されます。だいたいオシリスの上部三分の一くらいの領域です。

その振動源は一つではなく、フーリエ変換をかけると、大小合わせて二〇近い音源があり、それが広範囲に散っている」

「工場が稼働しているってこと？」

麻里がそう指摘する。武山としては頷くよりない。

「じっさい床に耳を当てると、何かの音は確かに聞こえる。そこまではっきりわかるほどではないけど。ただ、いままでこんな音は聞いたことがない。

地下通路の組み替えがなくなったのは、この振動が始まった時期と重なるのではないかと思う。つまりオシリス内部で何か大規模な作業が行われるようになり、地下通路を組み替える余裕がオビックにもなくなった。あるいは優先順位が大幅に下がったのではないかな」

武山の見解に対して、麻里と宮本がほぼ同じ解釈をした。

「オビックは宇宙船でも量産しているのかしら。地球侵略用の」

「おそらく相川さんの言うように、地球侵攻用の宇宙船の量産でしょう」

武山はオビックの地球侵攻という発想より、二人の意見が一致した方に驚いた。

「地下で音がするだけで、宇宙船建造とは結論できないんじゃないか」

意外にも卓二が麻里に対して異を唱える。

「確かに音だけでは宇宙船建造とはいえないかもしれない。でも、オビックは宇宙船で地球との移動をしている。私たちがここにいるのはそのため。でも、確認できた宇宙船は一隻か、それらしいものを含めても二隻、三隻という話。

だけど、オビックがわざわざ地球にやってきたからには、何をするにせよ宇宙船の数は圧倒的に足りないでしょ。

この音が、オシリス内部の作業として緊急のものだとしたら、宇宙船の量産というのは一番あり得ると思うんだけど」

「思うに、我々は居住区とは別の地下施設に早急に通路を掘削する必要があるのではないだろうか。現場に行けば、騒音の増加が宇宙船の建造か、別の何かなのかが確認できるはず」

宮本も麻里の意見に沿った提案をした。

「しかしさぁ、最短でも五メートルの穴を掘るんだろ。どうやってそんなことをやるんだ？　ろくな道具もないのに」

卓二の指摘は確かに真っ当なものだった。しかし、麻里はその程度の指摘には動じなかった。

「最短距離が最適とは限らない。オシリスは基本的に天然の小惑星で、どういうふうに形成されたか知らないけど、場所によって地下道の壁の強度も違う。チューバーの解体で金属も手に入ったから、強度の弱い部分を掘削すれば隣の地下施設までの通路を開くのは不可能ではないはずよ。山を削って擁壁工事する時なんか、地盤の違いは大きいのよ。柔らかい場所なら掘削はすぐ終わる。その分の補強工事が大変だけど」

実家が不動産関連の仕事をしている麻里は、土木作業について色々な知識があった。

「それはそうだとして、どうやってその地盤の柔らかいところを探すんだ？」

卓二の疑問を麻里は一蹴する。

「隆二の機械を使うに決まってるでしょ」

こうしてオシリスの調査は、居住区に隣接する空間へのアクセス手段確保へと絞られた。調査手法は比較的単純で、やり方はいままでと基本的には変わらない。マイクとマイクの距離を接近させて解析精度を上げるだけだ。

宮本によると、オシリスが小惑星２０２５ＦＷ０５と呼ばれていた時、それは二つの小惑星が衝突して結合したものと考えられていたという。じっさい精度を高めて調査すると、自分たちの居住区を形成する岩盤に、組成の違いによる境界層があることがわかった。

そうして岩盤の組成の柔らかい部分を選ぶと、斜めに八メートルほど掘削すれば居住区の外の空間に繋げられることがわかってきた。

そうして調査を続けた六月一日、武山はオシリス内部のノイズの分析から予想外の現象を認めていた。彼はすぐに他の三人を呼んだ。

「ノイズの波形だけ見てもわからないと思うが、オシリス内で我々の居住区に向かって何かが接近している。いや、掘削しているような音がある」

「それって、オビック側から我々に向けて接触しようとしているってこと？」

麻里の解釈は、この状況では自然なものだった。武山も最初はそう思った。だがそう言えない事実があった。

「掘削しているというのは接触しようとしていると言えるかもしれない。ただそうだとしても、単純な話ではないと思うんだ。

オビックが居住区の組み替えをやめたために、どこともつながっていない空間が地下に取り残されているのは知ってるだろ。そんな空間からノイズが増えている。どうして小惑星内の孤立した空間から音がするのか、たぶんミリマシンを活用していると思うんだけどな」

「つまり居住区が拡張されるってことか、隆二？」

卓二の解釈も自然なものだろうと武山は思ったが、それでもいまさら居住区を拡張する意味がわからない。

「それでどこにつながるの？」

武山は宮本の質問に対してタブレットで立体図を示す。

「通路の組み合わせ変更が行われなくなったために、居住領域の中にはどことも繋がっていないトンネルができているが、どうやらそことつながるようだ。我々の洞窟との隔たりは数メートルほどの、繋がっていない隣のトンネルみたいなものだ。もっともミリマシンの出入りはできると考えて良さそうだ」

「いつ合流するの？」

麻里が尋ねる。

「超音波の計測のみのデータだから精度に限界はあるが、いまの進捗状況だと三日後、つまり六月四日ごろだ」

「それまでに何か準備することってあるのか？」

そんな卓二に麻里は言う。

「とりあえずスリングショットに手頃な石でも集めましょ」

麻里は戦う気満々に見えた。じっさいスリングショットの練習をしてみると、麻里が一番うまかった。最初は明後日《あさって》の方に石を飛ばしていたが、低重力の感覚を把握すると急に命中率が上がった。子供の頃に祖父が所有する山でスリングショットで山鳩を捕まえたりしていたらしい。それは卓二も初めて聞く事実だった。

武山と卓二は、まぁ、そこそこという命中率だったが、意外にも現役自衛官の宮本が一番下手だった。

「近代軍はスリングショットで戦ったりしませんから」

それはそうだろう。ほぼ百発百中の麻里がむしろおかしいのだ。ただ卓二や宮本が目撃したというオシリス内の別の地下空間と、自分たちの居住空間を接続しようという時に、スリングショットの練習がまともなのかどうか、そこは武山も自信はない。ただ四人の一体感だけは確認できた気がした。あるいはそのことが一番重要かもしれない。

だが状況は予想以上の速度で進んだ。オビックの側にどんな事情があったのかはわからないが、六月四日に開通と思われた地下空間は、それより早い二日には武山たちの居住区と連絡していた。

その接合部はいままでの地下道とは異なり、境界を示すかのように直径二メートルほどの完全な円にくり抜かれていた。壁の厚さは三〇センチほどで、そこから先は自分たちの居住区の地下通路と同様に見えた。

武山は壁の向こうに進もうとも思ったが、さすがに思いとどまり、予定通りに食料と水を確保して住居に戻った。水も食料も持てるだけ確保したのは、何が起こるかわからないからだ。

「四人全員で行くのが最善だと思う。四〇人いるというなら、少人数の斥候《せっこう》を派遣できるけど、ここには四人しかいない。分割するのは却《かえ》って危険でしょう」

宮本の提案を、武山も他の二人も妥当なものと判断した。念のためにスリングショットや、以前に食料確保のためにチューバーとの戦闘に備えて作った盾も持参する。盾を持った武山が先頭で、卓二、宮本と続き、殿《しんがり》はスリングショットの名手である麻里だった。

それまでは超音波計測器が発見した孤立空間をそのまま利用し、結合部分だけを延長して自分たちの居住区と繋げるだけかと思っていた。しかし、いざ円形の穴から内部に進むと見慣れた通路ではなく、幅も高さもかなり拡張されているようだった。武山には問題の地下通路がここまで大きいのは意外だったが、彼の作った機械では、マイクの設置場所によって見落としがあるのは避けられなかった。本来はソフトウエア無線機なのである。地下通路は見覚えのある部分も残っており、武山と麻里が記した記号の一部も見つけることができた。しかし、それはごく一部で、かなり拡張されているのがわかった。

何よりも彼らを驚かせたのは、水や食料の提供場所があることで、明らかに自分たち以外の人間の存在を窺わせた。

「俺たち以外にもまだ人間がいたのか」

卓二に対して麻里は言う。

「前からいたなら、いまさらここを拡張なんかしないはず。あえて拡張したとすれば、最近になって人が増えたってことでしょ。それも食料の量を考えたら、一人ふたりじゃないと思う。五、六人はいるんじゃないかな？」

「その人たちも日本人かな？」

卓二は何気なく口にしたが、確かにそのことは重要だろう。言葉の通じる日本人同士でも疑心暗鬼になったのだ。ここでまったく言葉の通じない人たちが現れたら、対応は難しい。彼らとてオシリスに連れてこられた精神的なショックは想像するにあまりある。悪意がないとしても、恐怖から敵対的になることは十分あり得る。

じっさいのところ誰が連れてこられるのか、オビックの考え方ひとつだ。実験の必要性から日本人の可能性もあるし、逆に言葉の通じない人たちが集められる可能性もある。

「これはお前が持っててくれ」

武山は盾を卓二に手渡す。

「丸腰ってことを示すのか？」

さすがに友人だけあって卓二の飲み込みは早い。

「この状況で、機関銃で武装したような相手と遭遇することはないだろうからな」

蛇行する地下道を進み、直径二〇メートルほどの開けた空間に出た時、武山をはじめとする四人は言葉を失った。

そこには六人の人間がバラバラに体育座りをしていた。服装は武山らと同じ、オシリスに与えられたものだ。六人とも日本人だったが、武山たちはこの六人を知っていた。

「どなたですか？」

そこにいたのは六人の山岡宗明だった。おそらくオリジナルの山岡はここにはおらず、六人全員がオビックにより複製された人間だろう。ただ六人とも自分が山岡という自覚はあるのか、名前を呼ばれると全員が立ち上がった。六人の胸の部分には直径一センチほどの丸が四つ並んでいた。

それは黒と赤の二種類で、六人全員が丸の組み合わせが違っていた。これがオビックなりの識別記号なのだろう。この印がオビックにとってどんな意味なのかはわからないが、武山は仕事柄、二進数の表現に思えた。

「どなたですか？」

六人の中で武山にもっとも近い山岡がそう切り出した。胸の印は二進数では三番を意味していた。だから武山は、この山岡を心の中で山岡3と名付けた。山岡3の質問に対して、他の五人も武山に顔を向けている。

「私が誰なのか覚えていないのですか？　山岡宗明二等陸尉」

武山は挑発する意図もあってそう切り出した。山岡3は武山の問いかけがすぐには理解できないように見えた。解体された山岡が自分から所属を名乗ったのとは対照的だ。しかし、十数秒後に山岡3は自分が「山岡宗明二等陸尉である」ことを認めた。

その場の雰囲気で、質問は武山だけが行うという暗黙の了解があった。他の三人もこの場での交渉役は武山一人にすべきと考えたのだ。

「あなたの名前は？」

武山は山岡1に尋ねてみる。

「山岡宗明二等陸尉である」

山岡1は山岡3とは違って、自分の名前と階級を即答した。そして順番に他の山岡たちに同じ質問をすると、彼らもやはり「山岡宗明二等陸尉である」と即答した。反応が遅かったのは最初の山岡3だけだ。

この時、武山は自分が行なった質問が失敗だったことを悟った。ここにいる六人の山岡は、武山の「山岡宗明二等陸尉」という言葉を繰り返しているに過ぎないのではないか。山岡3が「山岡宗明二等陸尉」という名称を自分のことと認識し、その認識を他の五人も共有したのだろう。だから山岡3以外の反応は迅速だった。

「二等陸尉」

武山の考えを読んだかのように、そう尋ねたのは宮本だった。そして六人は、二等陸尉にはまったく反応しなかった。

「山岡さん」

今度は麻里が呼びかける。しかし、やはり彼らは無反応だった。

「山岡宗明二等陸尉」

卓二がそう呼びかけると、全員が卓二の方を向いたが、「何でしょうか？」と尋ねてきたのは山岡3だけだった。

どうやらこの六人は、山岡宗明二等陸尉で一つの名前と認識しているようで、山岡と呼んでも二等陸尉と呼んでも自分のこととは考えないらしい。

興味深いのは、ミリマシンに解体された山岡が自分から山岡宗明二等陸尉と名乗っていただけでなく、共同生活の中で、山岡と呼ばれても返事をしたことだ。そういう呼び方が適切なのかはわからないが、あの山岡は学習していた。

しかし、いま目の前にいる六人は、そうした山岡の学習をまったく継承していない。これからすべてを学習し直すことになるようだ。

「何でしょう？」

山岡3は再度、尋ねてきた。

「私は武山です」

これが正解かわからないが、思いつくのはこれだった。山岡たちが文法を理解して、「武山」の名前を認識するのか、「私は武山です」を名前と認識するのかを確認したかったのだ。

山岡3がそれに返事をするまでに三〇秒ほど間があった。

「あなたは武山さん」

山岡3は返す。武山はレベルの低い会話型ＡＩとのやり取りを思い出していた。じっさい会話型ＡＩとしたら、あまりにも能力が低い。いまならスマホだってもっと自然な受け答えをするだろう。

ただエンジニアとして考えると、その理由はわかる気もした。オビックは人間の言語について、その前提となる知識を持っていないのだろう。あるいは情報だけは大量に集めているが、その情報の整理がついていないかだ。ある程度の会話能力は備えているところを見ると、もしかすると六人の山岡の言語能力は、オシリス内の武山たち四人の会話から学んでいたのかもしれない。

つまり会話型ＡＩの学習環境としては極めて貧弱だ。世界にいくつもある会話型ＡＩや生成型ＡＩは、人類の過去の文化資産やネット環境の億兆単位のデータを活用し、学習を繰り返すというのに、オシリス内では四人の人間しかソースがない。それを考えるなら、曲がりなりにも武山と会話が成立するだけでも立派なものだろう。

一方で、最初の山岡が学んだであろう知識が、この六人には自分の名前レベルから継承されていないのは意外だった。継承技術がないのか、それとも最初の山岡は失敗なので、ゼロからやり直そうというのか？

「我々は一度、戻ることにする」

それは山岡たちに対するというよりも、麻里たちへの提案でもあった。ともかく山岡の複製が六人もいるという状況は想像もしていなかった。これに対処するには、一度戻って相談するよりない。

他の三人も武山の提案に特に反対はしなかった。そうして四人はその場所を後にしたが、山岡たちが追ってくることはなかった。ただ、山岡3が一番近くにいた山岡5に何か話しかけようとしているのが武山には見えた。とはいえ、動きらしい動きはそれだけだ。

自分たちの居住区に戻った四人は、さっそく六人の山岡について議論を始めた。とりあえず、あの集団の居住区画は山岡村と呼ぶことになった。これは山岡の数がさらに増えるかもしれないという含みもあった。最初に麻里が自分の見解を述べた。

「でもさ、山岡が解体されたのは、隆二がチューバーの破片というか部品をここに持ち込んだことで、ミリマシンが暴走したためでしょ。オビックだって隆二がチューバーを壊すことまで予想していなかったんだから、すべては偶然よね。

だったら、もしもチューバーを破壊しないでいたら、山岡は解体されないままここにいたはずよね。

でもここで生活していた山岡の経験は、隆二が言うようにあの六人には継承されていない。なんか最初の山岡とあの六人がつながらないのよね。普通に考えたら、予想外の事態で山岡が壊れたので、オビックはすぐに複製を製作した。複製だから学習した結果も継承される、ってのが自然でしょ」

麻里の疑問は、武山だけでなくその場の人間たちの一致したものだった。なるほど解体された山岡は人とのコミュニケーションでどこか不自然な部分はあった。それでもあの六人よりは、ずっと会話が成立していた。

あるいは自分たちは、一緒に暮らしていた山岡がミリマシンに解体されたことで、彼を過度に機械の一種と認識したために、彼の人格的なものもデータとして簡単に移植できると思い込んでいるのかもしれない。武山はその可能性も考えてみる。ミリマシンに複製されても、山岡はやはり人であって、人格の移動はオビックにも不可能に近いのではないか？

そう考えると、山岡が六人いた理由について、合理的な仮説が成立するのではないか、武山はそう思った。

「いまの麻里の指摘で思いついたんだけど、オビックの技術で山岡の肉体は再現できても、知識や記憶をコピーするのは無理なのかもしれない。せいぜい基礎的な会話能力を与えられるだけで。

あるいはオビックは最初はコピーできると考えていたのかもしれないが、いざ実行すると無理だったことがわかったのかもしれない。

ともかく山岡の記憶を転送できないとなった時に、同じ初期状態の山岡を六人用意した。それを共同生活させて、俺たちと接触させれば、オシリスという限られた空間では六人の山岡すべてが同じ情報を共有できるから、知識や人格的なものを同じように成長させられる」

「つまり、なんていうのかなぁ、徒弟制度みたいに、あの六人が我々との生活経験を共有して、人間の知識を学んでいく。そうやってあの六人の山岡が教師となって、他に複製した山岡に人間について教えていく。それを繰り返すってこと？　あぁ、つまり徒弟制度ってより学校か」

学校という表現は武山も思いつかなかったが、確かに学校の構造だ。ただそうだとすると武山がいままで考えていた、「オビックは人間モデルを構築していて、その中で人類とのコミュニケーションをシミュレートしている」との仮説は修正を迫られよう。オビックがいままでずっと自分たちを観察していたのは間違いないだろう。それがあったからこそ麻里や卓二と邂逅し、山岡が合流できたのだ。

だが、そうやって観察はしていても、人間のモデルは作っていないか、実用段階にはないのだろう。だからこそ山岡を六人複製し、人間と交流することで知識を共有させようとしているのだ。問題は、仮にこの考えが正しいとして、自分たちは山岡村とどのように接するべきなのか？

「隆二の意見だと、山岡村の連中は赤ん坊みたいな状態なんだろ。だったら相手の出方を待つしかないんじゃないか。俺たちがあえて教育してやる義務もないんだし、そもそも何を教育すべきかもわからないし」

「卓二は、とりあえず静観しろって立場か？」

「他にできることはないだろ」

「宮本さんはどう思います？」

珍しく意見を述べない宮本に武山は発言を促す。

「山岡村が学校という仮説はわかるのだけど、どうも全体がしっくりこないの。まず我々と暮らしていた山岡は赤ん坊どころか、明らかに自衛隊などについて内部にいなければわからない知識を持っていた。それは途中から受け答えがおかしくなっていたけど、それでも山岡村の連中よりはずっと会話が成立した。

たぶん山岡宗明二等陸尉という人物は、どこかに実在した人だと思う。オビックはミリマシンの力でそれを複製できた。だったら山岡村の六人も、最初の山岡の複製を使えばいいはず。なのにあの六人は赤ん坊並みに何も知らない。そうする必要が、どこにあるの？」

それは武山も疑問に感じている点だった。しかし、この点について深刻な問題提起をしたのは麻里だった。

「ええとさぁ、いまの話で気がついたのだけど、山岡村の六人は赤ん坊並みの知識しかないってことだけど、会話はある程度、通じていたわよね。そこは赤ん坊とは違う。本当に赤ん坊ならバブバブくらいしか言えないじゃない。

だとするとさぁ、あの六人は山岡の完璧な複製として作られて、そのあとで軌道修正のために記憶を適当に消去されて量産されたってことじゃないの？」

オビックが適当に記憶を消去するという麻里の一言は、彼女自身にも響いたようだった。なぜなら武山や麻里、卓二はそれぞれ記憶の相違という問題を抱えていたためだ。それはオビックとの遭遇と命の危険という強いストレスのためだと三人は信じていた、というより信じようとしていた。

しかし、ここでオビックが人間の記憶を操作できる能力を持っているとなれば、話はまるで違ってくる。三人の記憶が三人とも違うというのは、少なくとも二人、もしかすると三人とも記憶を操作されている可能性が浮上してきたからだ。

だが、その可能性を否定したのは宮本だった。

「オビックの技術力は不明としても、彼らは人間と接触したばかりでしょ。記憶を自由に操作するほど人間のことを理解できるとは思えない。あの六人は同じ環境で学習を行うという仮説が正しいなら、それこそオビックに記憶を操作する能力などないことの証明でしょう。

前に武山さんはオビックが人間のモデルを構築しているかもしれないと言ったけど、そのモデルで教育できるのが、あの六人のいまの水準で、それ以上となるとやはり人間との接触による学習が必要なのだと思う」

宮本の意見に三人は安堵することができた。結果的に同じ議論を繰り返すような形になったが、それもこれも武山らが三人の記憶の相違という事実をどう解釈すべきか、納得できていないためだった。

オビックが山岡村と四人の人間との接触を意図しているというのは、その翌日から明らかになった。四人に水と食料を提供していた場所がなくなり、確保するためには山岡村に行かねばならなくなったのだ。

最初の数日は、それでも問題はなかった。六人の山岡は身内の間で少しずつ会話をしているようだったが、基本的に他人には無関心に見えた。

例外は山岡3で、彼だけは武山に色々と質問を浴びせてきた。ほとんどは名前に関するもので、麻里や卓二の名前とか、道具の名前などが中心だ。そして山岡村と武山たちとの交渉は、すべて山岡3と武山の一対一の応対で終わっていた。

山岡村で武山らに関心を持つものは他にいなかったし、武山たちにも人間の情報は彼らだけ提供すべきというコンセンサスがあったためだ。

それでも日毎に山岡村の光景は変わりつつあった。オビックから提供されるのか、カーボンファイバーを材料に道具を作り始めていた。それだけなら武山らの行為を模倣するだけのことで驚きはないが、山岡村では分業が発生していた。

といってもカーボンファイバーを裂く係とか、それを縦糸と横糸でシートに組み上げる係、そのシートから籠のようなものを作り上げる係という単純なものだ。そしてその分業に関して指示を与えているのが山岡3だった。

そして人間に対する山岡村の態度も変化しているように思えた。山岡3だけでなく、明らかに他の山岡たちも人間に関心を示しているようだった。このため、水と食料確保を一時はまた人間二人で行なっていたものを、万が一に備えて四人で行うことに戻した。

食料も水も確保して戻る中で、宮本が口火を切った。

「山岡村は、分業とリーダーの存在を学んだか、発明したようね。山岡たちは組織として行動し始めている」

「僕らの生活を観察したら、分業やリーダーという発想にはなりそうにないがな。むしろ合議制になるのが自然じゃないか？」

武山の意見に異を唱えたのは、宮本ではなく麻里だった。

「経営者視点で考えると、二つの可能性がある。

一つは、山岡村も我々を真似て合議制で動かしたかったが、山岡３が個性を獲得したことで、集団の中で声の大きな山岡３がリーダーになった。

もう一つは、合議制は基本的に対等な人間の間で成立するけど、山岡村にそれはない。複製品だから対等な関係だろうと我々は短絡したけれど、そもそも山岡３は特別なのかもしれない。あの六人に識別記号があったのも、そういう意味合いかも」

「いまの麻里の仮説が正しいなら」

武山は一つの考えが浮かんだ。それは確信に近かった。

「我々と生活していた山岡は遅かれ早かれ解体される予定だったはずだ。オビックの技術なら解体することなく維持するなど簡単だったろう。山岡があそこで解体されたのは、我々がチューバーとの戦闘で勝利して、盤面が変わったからと解釈するのが正しいのかもしれない。あの時点で山岡の役割は終わった。

オビックの本当の狙いは、人類社会の構造を調査すること。分業やリーダーを設定して、その動きをモデル化するわけだ」

「でも隆二、オビックはどこからリーダーや分業という発想に至ったの？　ここにいる私たちをいくら観察しても、その発想は出てこないと思うけど。オビックにもリーダーみたいな存在がいるとしても、だとすればやり方が迂遠《うえん》すぎない？」

麻里に対して武山は言う。

「オビックがどんな存在かわからないから、組織については論じられないな。

ただ山岡村の件については比較的単純な話だと思う。オビックは地球の人類も観察している。それにより分業やリーダーの存在を知った。そして我々を比較的自由にしているのは、分業もリーダーもない人間集団を観察することで両者を比較するためだ」

「俺たちは、科学の実験で使うような比較対照群ってことか」

卓二の言葉に、その場の人間たちは沈黙するよりなかった。

2　残骸回収

二〇三X年六月一〇日・防衛省市ヶ谷基地

今宮周平《いまみやしゅうへい》空曹は、防衛省本省のある市ヶ谷地区の一室で、航空宇宙自衛隊の朝倉椎馬《あさくらしいま》一等空佐の前にいた。

「私の空自との契約は昨日の時点で打ち切られたということですか？」

今宮空曹にとって、朝倉空佐の話は寝耳に水だった。

「君は航空宇宙自衛隊を定年退職後に、経験を買われて契約職員として雇用された。しかしながら期待した職務遂行ができていないから契約を打ち切った。すべて合法的だ」

朝倉は悪びれる様子もなく、そう答える。しかし、今宮にとっては受け入れられる話ではない。

「宇宙作戦隊での職務に落ち度があったとは思えませんが。食事についての不満でもあったのでしょうか？」

「食事の不満？　君は何を言っているのだね？」

「自分は給養員として雇用されて……」

朝倉は手を振って話を遮《さえぎ》る。

「今宮、君は馬鹿かね？　給養員の話など誰がしてるんだ？　君が私の下で働いているということは、君の仕事は第四宇宙作戦隊での幹部の監視しかないだろう。給養員など偽装に過ぎん。

たとえば班長の加瀬《かせ》、あれはいまやIAPOの職員としてアメリカで働いている。長嶋《ながしま》は籍だけは空自だが、JAXAで私党を組んで、加瀬に合流しかねない有様だ。

わかるかね？　オビックが現れてから、学者どもが空自の都合も考えずに勝手に動こうとしている。それを止めるのが君の役割だったはずだ」

今宮には、それは明らかな言いがかりに聞こえた。

「加瀬班長がアメリカに行くことになったのは、そもそも航空宇宙自衛隊が宮本一等空佐を宇宙飛行士にしたことが発端ではないですか。統幕や空幕が決めたことを自分に覆《くつがえ》すことができるわけないじゃないですか。

長嶋さんにしてもＪＡＸＡへ異動させたのは空自か防衛省の人事であって、そんなものを阻止できるほど自分は偉くありませんよ」

それに対する朝倉の回答は予想もしないものだった。

「上層部の決定が何であれ、加瀬や長嶋に思いとどまらせることはできるだろう」

「はぁ？　あなたは空自の幹部なのに、私に、上の決定に背くように加瀬さんたちに働きかけるべきだったと仰《おつしや》る？」

「君は上の決定のことを考える立場ではあるまい。君の任務は、宇宙作戦隊に配属された学者たちが他所に異動するのを阻止することだった。それが成功するかしないかは関係ない。君の行動を私は問題としているのだ」

今宮は朝倉の論理をやっと理解した。要するにこの男は今宮に対して、自分で状況判断などをせず、疑問を持たずに命令に従えと言っているのだ。

しかし、朝倉の論理には幾つもの破綻があった。まず今宮は加瀬たちの監視こそ命じられているが、部隊からの異動を阻止しろという具体的命令は一度も受けてはいない。それを察しろというのだとしたら、無批判に命令に従えという意見とは矛盾する。

また今宮が仮に加瀬や長嶋の異動を阻止した場合、上層部の決定に反したのは彼ということになる。そして朝倉は具体的に異動を阻止しろとは命じていないから、上層部に逆らった責任は朝倉ではなく、曖昧な命令を勝手に解釈した今宮にあることになる。

　どんな国の軍事組織でも、命令者と実行者がいた場合、命令に拒否権を持てるのなら、命令実行の結果責任は実行者にある。逆に実行者に命令の拒否権がないなら、責任は命令者にある。国家が個人に発する命令と責任の関係はそうしたものだ。

　しかし、朝倉が言っているのは、今宮の命令拒否は認めないが、同時に結果責任は朝倉ではなく今宮が負うということだ。朝倉の責任はどこにもない。責任は負わずに命令だけ出す、朝倉が言っているのはそういうことだ。

　今宮はこんな男に上手いことを言われて、定年後も再雇用されていたのが心底馬鹿らしくなった。同時に怒りも湧いてきた。

「わかりました。すでに自分と空自との雇用関係は存在しないわけですね」

「そうだ。一応、こうして対面で説明したのは好意と解釈して欲しい」

　そう朝倉が言った時、今宮の中で何かが切れた。彼は空曹として格闘術の訓練も受け、部隊対抗の競技会でも何度か優勝を勝ち取った男だ。

　彼は一気に朝倉との間合いを詰めると、驚いて動けない朝倉の顎に下から肘を叩き込む。もんどりうって倒れた朝倉の顔面に近くの椅子を叩き込もうとして、そいつの泣きそうな表情に我に返ると、椅子を彼の近くに叩きつける。

「もう雇用関係はないのだから、命令違反だの反抗だというのは成立しませんな。椅子を顔面に叩き込まなかったのは、好意と解釈してください」

物音で飛び込んできた空自の隊員たちを押し除《の》け、今宮はそのまま基地を出る。朝倉は虚栄心が強いから、自分が六〇過ぎのロートルになす術もなく殴り倒されたことなど問題にはしないだろうとの読みはあった。じっさい今宮は誰に制止されることなく、市ヶ谷を後にした。

数日後、今宮の元に防衛省から「元自衛隊職員に対する緊急徴傭命令書」なるものが届く。そして彼は陸上自衛隊の基地に出頭を命じられた。朝倉一等空佐は虚栄心が強いだけでなく、陰湿な執念深さもあったことを彼はそれで再確認できた。

ただ一つだけ理解できないことがあった。

「多能運用兵、ＭＪＳ（Multipurpose Juggling Soldier）って何だ？」

二〇三X年七月四日・アフリカ中央部

「小隊長、ドローンの映像です」

八輪装甲車《AMVXP》の中で、背中合わせに位置する通信士の報告と同時に、島崎恒雄《しまざきつねお》小隊長の端末にフランス軍の飛ばしたドローンの映像がある。IDSP（環太平洋統合防衛システム：Integrated Defense System for the Pacific Rim）により提供されたものだ。島崎は同様に提供された、偵察衛星の写真を表示させる。これもまた画像処理されていない生データだ。

写真偵察衛星の画像解像度は、物理的には取り扱う光の波長および衛星高度とレンズの直径で決まってしまう。このため一般的な画像解像度の向上はどこの国でも頭打ちだった。

しかし、生成型AI技術の発達により、過去の衛星写真データや周辺地域で撮影された各種スマホ写真データなどから、ソフトウエアの力で解像度を飛躍的に向上させることが行われるようになっていた。軍事機密にあたるのは、まさにこのAI処理の部分だ。

昔だったら最高機密のこうした偵察衛星の生データは、友好国という条件付きではあったが比較的自由に流通していた。

ただどこの国も素材は提供しても加工技術は出さないのが通例であり、フランス軍も自分たちがAIで処理した映像までは提供してくれなかった。このため島崎らは衛星データを装甲車の車載システムで解析しなければならなかった。

同じデータは防衛省にもIDSPで送られており、画像解析は行われているのだが、彼らは防衛省の画像解析能力を秘匿するためとして、現場で使う画像処理は現場のシステムで解析させていた。

もっとも島崎はそれで不都合は感じない。ある程度以上の解像度さえ確保できていれば作戦に支障はないのと、防衛省の画像解析もそれほど精度が高いわけではないからだ。

これは技術の問題というより、文化の問題で、生成型ＡＩで画像精度を上げることが軟弱と受け取られるためだった。彼らの文化では、引き伸ばされた衛星写真から職人技で細部を分析するようなことこそ尊いとされていた。つまり効率より努力なのだ。

「このドローンデータは生なのか？」

「表示されているはずですが、ドローンカメラの直接映像です」

「だとすると、塹壕こそあるものの地雷原もなく、作戦地域には耕作された畑が広がっているのか」

作戦地となる鉱山周辺の領域に町はなかったが、幾つかの集落があった。それらの集落には農地が急激に増え、灌漑《かんがい》設備も整備されつつあった。それは過去の偵察写真との比較でも明らかだった。

「この集落はどんな連中が住んでるんだ？」

その質問に答えるものがいないためか、通信士が言う。

「情報はありません。そもそもこの集落の情報を把握しているのは現地政府だけです。フランス軍にもないでしょう。たぶん、近隣集落の民族と同じじゃないですか」

島崎もそれはそうだろうと思う。知りたいのはどういう民族で、文化的な背景、使用言語は何かという情報だ。ただ防衛省から提供された現地情報は貧弱だった。使用言語にしても、担当した防衛省次官から「どんな言語でもＡＩの翻訳で何とかなるだろう」と言われただけだ。

島崎がこの集落について情報を欲したのは、用水工事をしているらしい人間の姿が画像にあったのだが、それがどう見てもロシアの民間軍事会社の構成員にしか見えないからだった。

装甲車はロシア製で、国籍は塗り潰していたが、ドローンのスペクトル分光で画像処理すれば明らかだ。

作戦地の鉱山はロシアの民間軍事会社スペクトラム・タクティクスが管理していることはわかっていた。装甲車の塗り潰されたマークの中には、同社のロゴが描かれていた。

「どうして連中は土木工事なんかしてるんだ？　塹壕じゃなくて農業用水だろう、あれは」

島崎は、日本で聞かされた話と目の前の光景のギャップに前途多難なものを感じていた。

島崎麾下《きか》の部隊、つまり二両の八輪装甲車《AMVXP》と四両の軽装甲車《イーグル》が荒地の中を進んでいた。すべての車両が白く塗装されUNと記されていた。それらは国連軍に所属する日本の陸上自衛隊の装甲車両であり、所属は第一特別機動偵察小隊であった。とはいえ日本の自衛隊に、つい先日まで第一特別機動偵察小隊などという部隊はなかった。今回の任務のために、急遽編成されたものだ。

だから、色々な部分で泥縄だった。一応、補給と整備は、自衛隊と同様に急遽派遣されたフランス軍の基地を使えるようになっていたが、それでも自衛隊だけが使用する装備もあり、長期間の活動は困難だった。そもそも彼らを派遣した日本政府や防衛省は、今回の案件を長期化させるつもりもなかったし、長期化して欲しくないというのが本音だ。

八輪装甲車には大型の航空偵察用ドローンが搭載されており、これこそが機動偵察小隊の唯一最大の武器といってよい。何しろ車載機銃を除けば武装らしい武装もなく、車両の自衛隊員の人数分の小銃さえなかった。航空偵察用ドローンの搭載と引き換えに、豆戦車、つまり三〇式無人偵察車が車内容積の関係で降ろされていた。これは戦闘を目的としていないためと説明された。

そしてこの部隊の一番変則的な部分は、小隊ながらも指揮官が一等陸佐である点だった。これは他国の軍隊との調整のためには、高位の階級の人間が必要だというのが公式見解であり、確かに現地部隊との折衝は島崎が行なっていた。

　しかし、第一特別機動偵察小隊の指揮官である島崎一等陸佐には、そんな話は口実で、要するにこの人事は懲罰なり厄介払いとしか思えなかった。もちろん公式にそんなことをいう防衛省の人間はいないのだが、賢い官僚は余計なことは口にしないものだ。

　それでも島崎がこれを懲罰と解釈するのは、連隊長から小隊長への降格だけが理由ではない。一番の理由は山岡宗明二等陸尉のためだ。

　山岡は、島崎が連隊長をしていた陸上自衛隊第三六普通科連隊の隷下《れいか》にあった、第一機動歩兵小隊の小隊長だった。彼は兵庫県の山中で発見されたオビックの拠点を攻撃する中で、殉職した。だが装甲車の中で回収された彼の死体は、なぜか消えた。

　山岡の死体が消えた経緯については機密事項らしく、連隊長である自分でさえ知らされてはいない。伝えられたのは山岡小隊長は殉職したということだけだ。

　山岡が死亡する状況はＩＤＳＰにより島崎も目撃していた。だから確かに山岡が死亡したことはわかっていた。この戦闘で第一機動歩兵小隊は全滅した。普通、部隊の全滅といっても全戦力の三割とか四割程度を指すのだが、第一機動歩兵小隊は文字通り全滅した。生存者はゼロだった。

　部隊が全員戦死など通常ではあり得る話ではない。もちろんオビックは未知の相手であり、科学技術も自分たちより上と考えられていた。だから、全滅は受け入れ難い話ではあったが、それをすべて島崎連隊長の責任とする人間はいないはずだった。あの状況では誰が連隊長でも結果は変わるまい。

そもそも連隊が受けた命令は偵察が主任務であり、敵を撃破しろという命令は受けていないし、それを実行するなら明らかに火力が不足していた。そして火力不足をいうなら、連隊ではなく師団司令部よりも上の責任だろう。

じっさい島崎はオビックとの戦闘が終わったのちも連隊長をそのまま続けていた。自衛隊としても上層部の責任を回避したまま、連隊長だけの処分はできなかったのだ。そうした中でも世界は動いていた。

六月になりオビックの大規模な地球侵攻が行われた。四八隻のオビックの宇宙船は各国の防空システムによりすべて撃墜されたが、うち一隻はミサイルが命中後に分解しつつも、船体の大きな残骸の一部が奇跡的に揚力を維持しながら中央アフリカに墜落した。

このオビック宇宙船の残骸はすぐにＩＡＰＯ（軌道上における異常現象を調査する国連特別調査班：UN Special Investigation Team to investigate anomalous phenomena in orbit）により調査回収されるはずだった。オビックの技術を調査する、またとない対象物であるからだ。

とはいえ作業は順調にはいかなかった。まず物理的に、飛行を続けた宇宙船の一部がどこに墜落したのかがわからない。ヨーロッパのように高度にシステム化されたレーダー網の類は、該当領域には整備されていなかった。

もちろん周辺国は対空監視レーダーを整備していたが、首都や重要都市以外の解像度は高いとはいえなかった。特に問題の宇宙船の一部がかなりの低空を飛び続けたことが問題を難しくした。衛星写真を解析しても、はっきりとした墜落場所はわからなかった。河川や湖に墜落したとなれば、その地形から解析は困難と思われた。

さらに厄介なのは、グローバルサウスに含まれるこの地域にはいくつかの主権国家が存在したが、中央政府の統制が弱い国が多く、調査を安全かつ効率的に行うことが困難だった。中央政府の力が弱い理由は、まさにその弱い権力を補うために契約したスペクトラム・タクティクス社に代表されるロシアの民間軍事会社が、鉱山開発などの利権と引き換えに国内治安の安定を請け負っているという事実にあった。

このような契約は隣接する複数の政府と結ばれていた。治安維持を任されている領域が国境を挟んで隣接していることで、民間軍事会社だけは自由に国境を越えられた。そうした領域は現実問題としてロシアの半植民地と化していた。

このことはオビックの侵攻前から旧宗主国のフランスを中心に国連でも議論されていた

が、民間軍事会社と契約している政府が、実態はどうであれ「自由な選挙で選ばれた合法的政府」である限りは、国家主権の問題として解決には程遠い状況にあった。

こうした背景からオビック宇宙船の残骸捜索は「墜落した国の主権を最優先に調査が行われる」とされたために、IAPOも簡単には動けなかった。さまざまな事情はあれ、IAPOは技術先進国を中心とした国際機関であり、グローバルサウスでは必ずしも好意的に解釈されなかった。

こうした動きは島崎連隊長も知っていたが、アフリカの話となれば他人事《ひとごと》だった。いま思えば呑気なことに、彼としてはそれよりも七月の人事で自分の処遇がどうなるかに興味があった。それは五月に起きた廃ホテルでの一連の武力紛争を、官庁としてどう解釈するかを意味していたからだ。おそらく自分は連隊長のままだろうが、もしも降格などの処分となれば、粛清人事は陸幕にも及ぶだろう。

しかし七月の人事を待つことなく、六月下旬になり事態は一気に変化した。しかもそれは島崎にも深刻な影響をもたらした。

どこにどう着陸したのか、オビックの宇宙船の残骸は、空は飛べなかったが機械としては機能していたらしい。それらはチューバーを量産し、スペクトラム・タクティクス社が管理していた、幾つかの鉱山を奇襲して占領したらしい。同社の兵士も多数殺戮されたことなどから、IAPOの調査要請に対する当事国やロシア政府の態度も軟化した。

スペクトラム・タクティクス社の問題かロシア政府に責任があるのかは定かではないが、彼らは六月中旬ごろにはチューバーの活動を把握していたらしい。しかし、彼らはこの事実を当初、国連などに報告しなかった。何故ならば経済制裁を受けているロシアにとって、問題の鉱山は重要な収入源であったためだ。これらの鉱山資源を国際市場で売買するにあたって、実際の利益の大半はスペクトラム・タクティクス社を介してロシアに流れていた。だから国連への報告は、貴重な収入源を失うことにつながった。このため彼らは、自分たちだけで問題解決を試みた。そして悲惨なほどに失敗したらしい。

そしてロシア政府がIAPOの調査を（あくまでも）黙認するにあたって関係国にのみ公開した情報は、防衛省だけでなく日本政府全体を震撼させた。

それは幾つかの動画であったが、オビックは各地の武装集団を傘下に置いているらしい。それらの中には反政府軍だけでなく、本来なら宗派の違いから敵対しているはずの武装集団も含まれていた。さらにイデオロギーではなく、単に集落を守るための民兵組織まで含まれていた。

それらの団体のリーダーは、側にいるチューバーの指示で動いていると思われた。しかし、日本政府にとっての衝撃は別にあった。武装集団のリーダーに命令を下すチューバーたちは、明らかに人間とわかる存在の命令で動いていた。

最初は、この人間のような存在がオビックかとロシア政府も考えたらしい。しかし、この人物の言葉を翻訳してわかったのは意外な事実だった。

「自分はこの土地の管理者である、日本陸軍中尉、山岡宗明だ」

この人物は現地の言葉やフランス語、ロシア語などを話しているため、翻訳すれば「日本陸軍中尉」となるが、おそらく日本語でなら「陸上自衛隊二等陸尉」となっただろう。

ともかくこの情報を日本政府は最初は否定し、後にそのような人物はいたが死亡したと発表し、さらに最終的に戦死体は確認されていないと言わざるを得なくなっていた。

幸か不幸かIDSPによる情報共有で、山岡宗明がチューバーに殺されたことは各国も了解することとなった。ただ、殺されたはずの山岡の死体が消失した事実は日本が持っているミリマシンの情報開示につながるため、政府部内には、その情報公開に難色を示す閣僚も少なくなかった。

さらにこの件に関して、一部の閣僚が「山岡は捕虜となった可能性がある」との見解で説明を終わらせようとしたことで、却《かえ》って日本政府による説明責任が必要な状況になっていた。

しかし、ロシアが追加で提供した情報は、事態がもっと深刻であることを示していた。

画像としては証拠は少ないが、山岡宗明と名乗る人物は複数存在した。ある映像資料では四人の山岡が何かを打ち合わせている状況が撮影されていた。

この映像は何度調べても生成型AIで作成されたようなものではなく、本物であり、さらに自衛隊の山岡宗明の画像データと比較しても、完全に同一人物という結論が出た。ここで中央アフリカの事例を他人事としていた日本政府や防衛省は、当事者の一人になってしまった。ともかくオビックのロボットを「日本軍の現役軍人が指揮している」ということになれば、日本という国家がオビックと秘密協定を結んでいると疑われても仕方がない。

もちろんオビックの拠点であるオシリスが世界中から監視されている状況で、日本だけが密かな交流を持つなどあり得ないのは明らかであった。しかし、日本国内にオビックが拠点を構築したのもまた事実であり、破壊されているはずの兵庫県山中の廃ホテルの拠点が実は活きていて、日本政府と交渉しているのではないかという意見も少数だがあった。

このような状況で、日本政府としてはオビックとの密約や秘密交渉など存在しないことを、世界に対して証明する必要に迫られた。具体的な方策は日本政府にもなかったが、ともかく調査名目で小規模な部隊を自衛隊が派遣することはすぐに決まった。この流れで島崎連隊長が偵察小隊の指揮官に抜擢されたのだ。

部隊はとりあえず国連平和維持部隊として編成された。これはオビックに対する人類の意図を表現したものである。あとロシアの民間軍事会社や内紛の多い地域だけに、治安維持が重要という意味もあった。

こうして第一特別機動偵察小隊は編成されたが、大きな問題があった。残念ながら日本政府にも防衛省にも、中央アフリカの情報はまったくと言っていいほど整備されていなかったのだ。

ただそうした情報についてはＮＩＲＣ（国立地域文化総合研究所）がまとめていた。島崎としてはどこのデータだろうと、現状の情報欠如よりずっとマシだったが、どういうわけかＮＩＲＣのデータは届いていなかった。

はっきりしないが、ＮＩＲＣから防衛省にデータは提出されているのだが、それに防衛省や外務省のデータも付与したために、第一特別機動偵察小隊という急遽編成した部隊に提供する、機密管理関係の実務処理に時間を要しているらしい。

島崎が防大で戦史の講義を受けた時、ニューギニア戦線では地図が未整備で、記載されていない河川との遭遇により部隊の侵攻を妨げられたと聞いたことがある。衛星やＧＰＳが発達した今日《こんにち》、そんな馬鹿なことは起きないと思っていたが、起きないどころか自分はまさにニューギニア戦線の陸軍部隊と似たような状況にある。

ただ彼らを直接支援する責任のある防衛省は、衛星もGPSも使用できない状況でも作戦を継続するための機材は用意していた。天測で位置を割り出す装置とレーザージャイロによる慣性誘導装置である。この他にもネットが使えない状況に備え、車内で鑑賞する娯楽コンテンツもわずかながら用意されていた。しかし、そのトップがコッポラの『地獄の黙示録』だった点に、陸自が自分たちに対して決して好意的な立ち位置ではないことを悟った。

山岡の件は決して島崎の責任ではないのだが、上の連中から見れば厄介事をもたらした連隊に見えているのだろう。でなければ、戦地で独立国を宣言した軍人を、特別編成の部隊が始末するという内容のコンテンツを冒頭に持ってくるとは思えない。冗談としても悪趣味がすぎる。

こんな嫌がらせ的な娯楽コンテンツは提供されたものの、現状、島崎が持っている当該地域の情報といえば、ＡＩで集めたネットの情報と、フランス軍が提供してくれた概要だけだった。不幸中の幸いというか、現地の状況はこの一月たらずの間に急激に変化しているらしい。過去の情報は通用しないというわけだ。

そのような状況で島崎はこの地に派遣された。かつての上官として山岡宗明が本物なのかどうか？　本物であった場合には自衛官として身柄を確保する。それが彼の受けた命令だった。『地獄の黙示録』に例えれば、山岡は独立国を建てたカーツ大佐、自分は山岡を始末する任務を帯びたウィラード大尉の役回りだ。

映画ではウィラード大尉の部隊はほぼ全滅するが、そんな展開だけは避けたいと島崎は思っていた。


鉱山周辺の集落でロシアの民間軍事会社が畑を耕しているというのは想定外の事実だったが、島崎は迷った末にその集落には向かわないことにした。山岡がチューバーを使って支配しているのは、もともと周辺政府の支配力の弱い地域だったが、いまは名実ともに独立国となりつつあるようだ。少なくとも、これらの領域で紛争は認められていない。

ただフランス軍によると、粛清も深刻で、首を刎《は》ねられた死体が幾つも観測されているらしい。独立国であるかのように見えるのは、極端な恐怖政治のためらしい。

そうしたところに不用意に自分たちが接触すれば、外部からの秩序破壊者として攻撃されるのは明らかだ。チューバーが人の首を刎ねるのは相変わらずだが、それ以上の兵器が存在するかはフランス軍からもロシア側からも明確な情報は提供されていない。

ともかく何をするにも鉱山周辺の情報を集めることだ。そう考えて、鉱山といくつかの集落から等距離に離れた地点へと移動を決めた。そこでドローンを射出し、広範囲な情報を集めるのだ。

　目的地はかつて道路があったが管理されておらず、通常の車両では移動は難しい。すでにほとんど使われていないらしく、草や灌木が生えていた。走破できるのは軍用車だけだ。

　そのまま前進すると別の道と交差する。そこには小さな集落があったはずだが、いまは捨てられているという。じっさい装甲車の上に設定したカメラは、複数の家屋が焼け落ちたまま放置されている光景を映していた。この集落こそ、島崎らの乗る六両の装甲車の目的地だ。

　しかし、ＡＩが警報を二つ出す。一つは通信関連のＡＩで、地形的な問題なのか衛星との通信環境が悪化しており、ＩＤＳＰの帯域が急激に狭くなっているという。

　自衛隊は通信機器を国産にするのを国是としており、日本国内ではそんなことはあまりないが、海外では時々こうした不都合が出る。気候が合わないためか、どうも通信がうまくいかない。しかし、それだけでもないだろう。島崎は無線機のソフトウエアの不都合を疑っていた。今回の作戦に合わせてプログラムの改修が行われたというが、それからどうも不調が増えた印象だからだ。

　ロシア軍が鉱山利権を守る関係で通信妨害をかけているという噂もあるのだが、これに関しては確認のしようがない。ただフランス軍などは割とこの噂を信じているようだ。

もう一つは画像認識ＡＩからのものだった。

「前方に戦車が隠れています。種類は七〇パーセントの確率で、ロシアのＴ34」

島崎の目の前の画面にカメラ映像が表示され、ＡＩが戦車と思われる輪郭を強調する。

彼は全車両に散開を命じ、そこで部隊は停止した。どこに隠れるべきかはＡＩが地形データから判断したが、さほど起伏の大きな地形ではないため、ＡＩの安全度評価が高い場所でも車体はほぼ丸見えだった。

ただ問題の戦車に敵意があるなら、先に撃ってくるだろう。しかし、そうした様子はない。さらに戦術支援ＡＩは戦車の温度が周辺と変わらないことを伝えていた。エンジンはもちろん、内蔵の電子機器の類も作動していないことになる。

「なんだこいつは、国連平和維持軍の戦車だというのか？」

小隊の六両の装甲車はデータリンクで連結しているので、相互のセンサーデータを共有し、そこから対象物の観測精度を上げることができた。それをＡＩが補正して現場の立体モデルが作られる。現在位置から見える範囲だけなので、集落の立体モデルとしては限界があったが、情報はかなり整理された。

それによると問題の戦車は確かにロシアのＴ34であったが、白く塗装され、自分たち同様にＵＮと記されている。このモデルを信じるなら、あの戦車は国連平和維持軍のものだ。

ただ島崎には引っかかる点がある。まず事前の情報ではロシア軍は問題の鉱山周辺に国連平和維持軍を派遣していないことだ。もっともロシア軍はＩＤＳＰを使っておらず、自国の軍事通信システムと部分的な情報共有を行なっているだけなので、派遣しているという情報共有が遅れている可能性はある。

それより問題なのは、国連平和維持軍は治安回復や平和維持が目的であるため、装甲車の投入はあっても通常は戦車の投入はない。最近は陸自の一六式機動戦闘車のように装輪式で戦車並みの火砲を搭載するような装甲車も当たり前になり、それだけでも戦車の存在は不自然だ。

島崎は僚車に指示を出し、相互支援を行えるようにした上で、軽装甲車イーグルの一両に接近を命じた。イーグルからは、さらに明瞭な映像が入ってくる。画像処理ＡＩによれば、それは空気で膨らませたデコイなどではなく、本物の戦車だった。

「本物……やはりＴ34か……」

島崎は、直感的に何か厄介ごとが近づいている気がした。ロシア（ソ連）には制式名称がＴ34という戦車が二種類ある。一つは第二次世界大戦で活躍したソ連陸軍のＴ34。もう一つは二一世紀になり、ロシアが外貨獲得のために主として輸出用に開発した、いわゆる第四世代戦車である。

T34とはいっても二〇三四年に制式化されたわけではないらしい。ただ輸出用戦車なので、歴史に名を刻む名戦車の名前を商品イメージ向上のために踏襲する意図でT34と呼んでいるのだ。

こうした話は別に珍しいことではない。日本とてイギリスやイタリアと共同開発した戦闘機を「零戦のDNAを継承して云々」といって海外に売っている。

ロシア軍の場合、経済的疲弊から手堅く外貨を稼げるのが兵器くらいしかないことと、輸出用戦車の運用成績を自国の装備にフィードバックする意図がある。だからT34が砲塔の完全無人化や偵察用小型ドローン搭載などの特徴を持つ第四世代戦車なのに対して、ロシア軍が制式化している戦車はいまも第三・五世代だった。どこの国も陸軍というのは、こうしたところで保守的だ。

オビックが活動している領域で、あまりIDSPの通信は行いたくなかったが、島崎は今回の平和維持軍の司令部にこの戦車について問い合わせる。昔と違って平和維持軍の司令部は現地にはない。補給やら医療など各担当部門ごとに世界中に散っており、それらを統合した仮想空間上の司令部があるだけだ。

だから、かつてのように司令部を爆破すれば傘下の組織が機能停止に陥るようなことはない。爆破すべき司令部所在地はなく、仮にどこかを爆破できたとしても各地に分散している代替チームがすぐに業務を引き継げる。

今回の平和維持軍も同様で、司令部機能は各地に分散していた。ただロシア軍はIDSPを利用していない関係で、島崎から見て情報共有には不満に思うことも多かった。国連決議でオビック情報は主権国家でも共有が原則であったが、そのことは必ずしも迅速な情報伝達を約束しなかった。

なぜか電波状態が悪いために情報がなかなか届かない中、島崎は部隊をその集落まで前進させた。危険も伴ったが、自分たちの状況を考えたら、情報の欠如が一番危険だ。それでも戦車の動きに警戒しながら接近する。軽装甲車には対戦車ミサイルが積まれており、すでに専用ケースから取り出し、発射可能なように装備されていた。

しかし、T34に動きはなく、部隊はそのまま集落に入ることができた。先頭の装甲車からまず二名の隊員が降車して戦車に接近する。すぐに戦車の調査が行われた。当初、戦車は半壊家屋に車体を隠し、砲塔だけを出すようにしていた。無人砲塔であるから、ハッチなどはなかった。

ただ、家屋に隠れた戦車は運転席とその隣のハッチが開放された状態であった。明らかにこの戦車は捨てられていた。

状況が不自然なので、指揮車から島崎も部下とともに降車する。

「T34って何人乗りだっけ？」

島崎の質問に、傍の部下が答える。砲塔を完全に無人化したので。だから故障が起きたら戦車は捨てるよりありません。

「確か二人乗りのはずです。二人じゃ整備もできませんからね」

島崎とともに小隊の本部班を構成する大垣裕曹長《おおがきゆう》が言う。小隊長を一等陸佐にした関係で、この部隊には島崎の参謀となるようなスタッフはいない。そもそも自衛隊におけるIDSPの導入は、参謀機能を本部に集約し、その余剰分で指揮官になり得る幹部要員を確保することも期待されていた。

大垣曹長にしても、小隊長の参謀役ではなく、小隊の組織管理者の立場である。相談できることには限度があった。

「故障で捨てたというのか……」

島崎がハンドライトでハッチから車内を照らすと、本来なら白く塗装されている内部には、明らかに鮮血が飛び散った痕があった。医学知識があるわけではないが、これだけ出血すれば生きてはいないだろう。

しかし、大量の出血があったにもかかわらず、死体はない。そして出血は床を中心に広がっているが、ハッチの周辺は綺麗なままだ。ハッチが開放されていたためか、車内の床には泥の混じった雨水が溜まっている。それでも流血のためか、全体に赤っぽい。その表面には油膜が広がり、空気の流れでライトに浮かぶ色が変わった。

「乗員たちが脱出しようとしたら、ハッチにも血痕があるはずだが、そんなものはない。しかし、内部は致命傷を負ったとしか思えないほどの出血量だ。そして戦車はミサイルなどで破壊された痕跡もない」

「どういうことでしょうか、小隊長？」

「この戦車の乗員は、外からハッチを開けて乗り込んできた何者かに車内で殺された。しかし、死体を移動させた痕跡はない。こんな真似ができるのはチューバーくらいだろう」

「そうだとしても死体は？」

「運びやすいように死体をバラバラにするとか、方法はあるだろう」

島崎は大垣にそう言ったが、実をいえば別の可能性を考えていた。国を出る前に口頭で受けた説明では、山岡らしい人物は目撃されているが、彼は確かにチューバーに殺された（その現場は他ならぬ島崎もＩＤＳＰによりリアルタイムで目撃している）。ただ回収された死体はオビックの何らかの技術により溶かされ、死体は失われたというのである。

死体を溶かす技術については機密性が高いために公開されていない。ただＩＡＰＯの科学者には詳細が開示されているらしい。どうして日本人の自分には教えられなくて、科学者なら外国人でも公開されるのか島崎には納得いかないが、上から言われれば、納得するしかない。

ただ今回の事件で派兵される中で、山岡と名乗る人物が複数存在するという報告から、どういう方法かは知らないが、オビックは山岡を分解して調査し、その複製を製造したのではないかと島崎は考えていた。むろんこれは島崎個人の推論に過ぎない。上の方に問い合わせてはいない。正直、彼自身もこの可能性をそこまで信じていなかった。

しかし、目の前にある戦車の状況を見ると、二つのハッチしか出入り口がない戦車の中で、ハッチに血痕をまったく残さずに、大量出血した死体を運び出すなど不可能だ。強力な酸やアルカリで溶かすとしたら戦車だって無傷ではないだろう。そもそも血痕が残っているわけがない。

ただ、こんな話を大垣曹長にすべきではないくらいの判断は島崎にもついた。

「これ、持ち帰れませんかね？」

島崎の考えとは別に、大垣は驚くようなことを言った。

「持ち帰るって、このT34を日本に持ち帰るっていうのか？」

「成功作か失敗作かわかりませんけど、本物の第四世代戦車がここにあるんです。鹵獲品《ろかく》として持ち帰れば喜ばれますよ」

「どうやってだ？　これを修理して動かせるだけの人員は小隊にはおるまい。それに補給基地となると、我々はフランス軍から間借りしてるんだ。そっちはどうするんだ？」

「自衛隊の装備みたいな顔をして持ち込めばいいじゃないですか。いい塩梅《あんばい》に白塗装でUNとまで描かれてるし」

一見すると無傷な戦車を見つけたことに大垣は興奮気味だった。島崎も輸出用とはいえ、第四世代戦車を日本に持ち帰る価値はわからないではなかった。ただ連隊長経験者としては、それほど喜べる話ではないのもわかっていた。

「駄目だな。帰属不明の戦車を勝手に動かせば、それだけで外交問題になりかねん。中の機材、ロシア語表記ではなくフランス語だ。ロシアがここの政府軍に売却した兵器と解釈するのが妥当だろう。だとすればなおさら勝手に鹵獲できん」

「そこはやりようがあると思いますけど」

大垣曹長の島崎への態度は、小隊長に対するというより、話を理解できない子供を諭すような態度になっていた。

「やりようなどない。戦車の整備、移動、海上輸送など、一両運ぶのにも面倒な手続きが必要だ。ＩＤＳＰを使えば簡単かもしれないが、Ｔ34の存在を隠して行うとなれば、否応なく、話はでかくなる。

さらに、曹長ならわかると思うが、これを自衛隊の然るべき部隊に持ち帰るとして、経理処理をどうするつもりだ？　国家予算で購入した戦車じゃないんだぞ。連隊なり師団の経理で、昨日まで存在しなかった戦車が一両増えるんだ。それを合法的に処理する方法がないんだよ。

簡単にいえばだ、自衛隊法には、作戦地での鹵獲兵器を自分たちの装備品とする手順について規定がない」

「規定がないから、処理できないってことですか？」

「その通りだ。これ以上の理由はあるまい」

おそらく自分が陸士あたりなら、大垣と一緒に喜んでT34を持ち帰る算段を相談しただろう。トレーラーをなんとか調達して、戦車を乗せて装甲車で牽引《けんいん》するというような話だ。なるほど陸士ならそんな空想を楽しむこともできただろう。

しかし、一等陸佐ともなればそうはいかない。本庁の参事官や省庁の室長と同等の階級なのだ。島崎が政府軍の擱座《かくざ》した戦車を勝手に日本に持ち帰ろうとすれば、政治問題となるのは避けられない。

大垣曹長は必ずしも島崎の話に納得したわけではなさそうだったが、命令に逆らおうともしなかった。島崎の同意なしに、戦車は動かせない。小銃を拾ってくるのとは訳が違うのだ。それでも大垣にとって擱座したT34は、なお未練があったらしい。彼は島崎に問う。

「小隊長、この戦車の中に入って映像資料を撮影してよろしいでしょうか？」

「あぁ、撮影だけならいいだろう。持ち主に報せる一助にもなるだろう」

持ち主を特定するというのは、画像データを収集する口実だった。データ収集について論難されるような場合に、反論できる材料ということだ。

一二五ミリ滑空砲搭載の大きく平たい完全自動装塡砲塔は、装置と砲弾、装薬で埋め尽くされていたため、人間が乗り込める容積は少ない。T34自体が輸出用戦車なので小型で安価に造られていたためだ。

だから内部に入ったのは大垣一人だった。二人はいれば体勢を変えるのも難しいほどだ。基本的に操縦席と車長席に座ってるだけの戦車なのだ。

軍靴の足首まで、車内に溜まった水の中に浸かりながら、大垣はヘルメットの搭載カメラで車内を撮影する。データは装甲車に送られているが、外に出ている島崎にはカメラの映像は見えなかった。なので、彼は装甲車に戻って、車内から大垣に指示を出そうとした。部隊はネットワーク化されたが、こんな時だけは却《かえ》って面倒だ。

「おい、大垣、聞こえるか？」

装甲車の画面を見ると、カメラは何かわからないものを映していた。わからないものという表現も我ながらどうかと思った島崎だが、ともかく画面の光景は想像したものと違っていた。色は全体に赤く、光の筋が視界の一部を通過している。

よくよく見てわかったのは、カメラが戦車に溜まった水の中に落ちたのだ。

「何をやってるんだ」

カメラはヘルメットに装着されているのに、それを落とすとはどういうことか？　戦車の天井に頭をぶつけてカメラだけ脱落したのか。しかし、カメラはそんな簡単に脱落するものではない。そしてカメラの映像も消えた。水没したから消えたのかとも思ったが、そんな華奢《きゃしゃ》な装置では実戦で使い物にならないではないか。

「大垣、おい大垣！」

島崎は嫌な予感とともに大垣曹長に呼びかける。しかし、返事がない。島崎は再び装甲車から出ると、戦車のハッチからライトで内部を照らす。

「大垣……」

そこに見たのは信じられない光景だった。最初は大垣が転んで底に溜まった水の中に浸かっているのかと思った。しかし島崎に見えるのは、大垣の頭の一部と左肩くらいしかない。戦車に溜まった水の深さは多く見積もっても一〇センチもない。ならば大垣の胴体はどこに行ったのか？　そう思っている間にも大垣の姿は水面の中に消えて行く。頭が消え、そして左肩も沈んでしまう。そして水面が沸き立つように同心円状の波紋が広がり、それもすぐに収まった。

「溶解液か！」

島崎の頭に浮かぶのはそれぐらいだ。昔、何かの本で、連続殺人犯が証拠となる死体を処理するのに硫酸のプールを作ったという話を読んだことがある。それと類似のことがここで起きている。T34の戦車兵を殺した何者かは、死体を処理するために何かの化学薬品を使用したのだ。

残念ながら島崎小隊長には、ミリマシンについての情報はほとんど与えられていなかった。したがって目の前の現実を受け入れるとなれば、何か化学薬品の使用ということになる。とはいえ、人間がたちどころに溶かされるような液体が入っているのに、戦車が腐食していないのは理解し難いことだった。

島崎としては厄介な状況と言えた。どうすべきかの判断がまったくつかない。島崎がＩＡＰＯという機構や組織にもう少し精通していれば、ＮＩＲＣに情報を流すという選択肢も思いついただろう。そうした判断は日本の国内法では問題なかった。

ただオビック関連の法律は少なからず泥縄のもの（既存の法律に条文を追加して対応など）が多かったのと、連隊長クラスの自衛隊幹部はＮＩＲＣという組織に対する反感が強く、それを活用するという発想そのものがなかった。ＮＩＲＣは防衛省に隷属しろというのが彼らの一貫した考えだったのだ。

もちろん第一特別機動偵察小隊が防衛省にＩＤＳＰ経由で情報を送ることは可能なのだが、国連平和維持軍の一部という枠組みで派遣されているため、近くで活動しているフランス軍やロシア軍とも情報共有を行わねばならない。

これがオビックが現れる前の世界なら、島崎もまだ躊躇《ためら》わずに本国だけに情報を伝達できただろう。任務中の殉職について本国に報告するのに何の問題があろうか？　しかし、オビックが関わるとなれば話は別だ。

すでに日本を含む幾つかの国では限定的な武力衝突も起きており、さらにオビックの宇宙船が地球に対して大規模な侵攻を起こしたのは記憶に新しい。こうしたことから、各国軍でもオビック関連情報をＩＡＰＯを介して共有することが決められていた。正式な法律として機能するには議会の承認やら大統領の署名など国によって手続きは違うが、事態の進行が急激であることから、既成事実を追認する形で国際間の暗黙のルールとなっていた。

したがって大垣が溶けた事件は公開する必要があった。しかし、今回編成された国連平和維持軍司令部にこの情報を公開すれば、自分たちは完全に蚊帳《かや》の外に置かれるのは明らかだった。

国内をどこまで掌握しているかわからない政府軍はともかくとしても、自衛隊は装甲車が六両という規模なのに対して、フランス軍やロシア軍は連隊や旅団規模の部隊を展開している。イギリス軍やドイツ軍でさえ中隊や大隊規模の戦力だ。

何よりも彼らには、中隊規模の部隊でさえ自前の移動研究室のようなラボが用意されているが、自分たちにそんなものはない。基本的にドローンと人間の目で現地を偵察する（と同時に山岡が何者かを確認する）のが任務なのだ。

だから今回のような予想外の事態に遭遇したら、自分たちでは何も調べられない。どこまでの調査なら安全で、どこからの調査が危険かの見極めをつけることさえできない。無理に行えば犠牲者が増える。

T34のハッチから車内を覗き込みながら、島崎は考える。そして決心すると、彼は装甲車に戻った。

「小隊長、曹長は？」

そう声をかけてきた通信士に、島崎は言い放つ。

「通信士、本国に報告だ。大垣裕曹長は調査任務を遂行中に殉職せり、以上だ」

「小隊長、殉職ってどういうことです、さっきまで元気……」

「戦車の中に罠が仕掛けられていた。そういうことだ」

それは島崎が通信士の質問を封じるために思わず出た言葉だったが、案外それは正鵠《せいこく》を得ていたのではないか？　彼はふとその可能性も考えたものの、宇宙人が食虫植物のような罠を張る理由はわからない。

「わかりました。ですが、文面はこれだけですか。まさか生成型ＡＩで文章を盛るんですか？　しかし、報告書でそれは認められていないのでは……」

装甲車内で背中合わせの位置にいる通信士には、島崎の固い表情が見えなかった。

「ＡＩなどは使わん。そのままの文面で報告しろ。それ以上の情報が欲しければ上の連中で判断しろということだ」

島崎は自分の目にしたものと、装甲車のサーバーに記録された大垣曹長のバイタルデータを一つのファイルにまとめ、そしてＴ34戦車に関する事実関係は報告しないことにした。なぜならば、これがオビックに関する重要情報としても、この戦車の液体の中には紛れもない殉職した大垣曹長の遺体が含まれているのだ。ならばこそ、それは日本人が回収しなければならないのではないか。

自分たちが派遣された経緯がどのようなものであるにせよ、国が命令で部隊を海外に派遣したからには、生死にかかわらず隊員たちを帰国させる義務が生じる。国が義務を履行するからこそ、国の命令が機能するのだ。

それが島崎の結論だった。そう結論してしまえば、彼に迷いはない。同時にこのことは小隊の他の隊員には説明しようとは思わなかった。すべては小隊長たる自分の判断と決断で行なったことだ。だからこのことが問題になっても（まず間違いなく問題になると島崎自身は覚悟していたが）すべての責任を自分が負うことで、小隊の隊員たちを守ることができるだろう。

「これ以上の危険を回避するため、ドローンを展開する。各自、必要な作業にかかれ」

こうして八輪装甲車からドローンが展開される。このドローンのデータだけは、平和維持軍関係国に共有された。それらのデータから、作戦範囲は自給自足の独立した領域になりつつあることが読み取れた。

3　汚染浸透

二〇三X年七月四日・アフリカ中央部上空

「もうじき、大西洋を抜け、アフリカ大陸に入ります。現在高度七〇〇〇〇フィート（約二万一三三六メートル）、マッハ三です」

キャメロン・ブキャナン米空軍中佐はナビゲーターとして、機長であるショーン・メルダー米空軍大佐に報告する。手順として報告義務は定められているが、彼女自身はこの手順の必要性には疑問を抱いていた。基本的な操縦はAIにより自動化されているし、戦術支援も行われる。

そして自分と機長の飛行服のヘルメットは、高度に情報化された仮想空間ディスプレイであり、キャメロンが読み上げる情報は、リアルタイムで機長とも共有されていたためだ。

「高度七〇〇〇〇、マッハ三を確認」

メルダー機長が確認したことも、ＡＩによりキャメロンのディスプレイに表示されていた。

この時、米空軍の最新鋭機であるアリカントはマッハ三を維持しながら、ミズーリ州ホワイトマン空軍基地から中央アフリカに侵入しようとしていた。

長年にわたる航空宇宙データの蓄積から、アメリカは成層圏領域で機体への空気抵抗を最小にする機体技術を確立していた。そうした研究の積み重ねから、アリカントはマッハ三を巡航速度とする航空機を実現していた。

航空機もマッハ三くらいになれば、通常のジェット旅客機以下の燃費を実現できた。問題となるのは空気抵抗による熱的ストレスだが、機体の素材や形状から最小の抵抗とするだけでなく、機体の耐熱性も向上することでマッハ三を実現していたのだ。このことは、赤外線などにより相手から発見されるリスクも低減していた。

アリカントとは米空軍のALicantoのことだ。南アメリカの怪鳥に由来するのだが、頭二文字のＡとＬにこそ意味がある。米軍の分類でＡＬとはレーザー兵器搭載攻撃機を表す。

ただ世間一般でこの幻の新鋭機は、「レーザー光線でミサイルを迎撃する飛行機」と解釈されることが多い。これが米空軍による意図的なリークなのか、工学知識に欠ける軍事ライターの飛ばし記事によるのかキャメロンには知る由《よし》もないが、実態とはかなり違う。

そもそも軍事用レーザーの運用を攻撃のみと狭く解釈するところから間違っている。超高空を飛行する戦闘機のような飛行機が、レーザー光線でミサイルを破壊しているようなイラストが雑誌などに描かれるのが常だが、そういう機体ではない。

大陸間弾道弾の速度がマッハ二〇を超えるのに、マッハ三のアリカントで撃墜できるというものではない。そもそも照準を合わせること自体が難問だ。

もちろん脅威となるミサイルが速度の低いブースト段階なら、理屈の上では攻撃も不可能ではないが、その状況なら別にアリカントを使わずとも、もっと実績と信頼性のある迎撃ミサイルの類を使えばいい。

アリカントの開発は、もっと論理的に始まっている。仮想敵国に迎撃不能な高高度を高速で飛行する戦略偵察機、それがアリカント開発の始まりだ。そこで高度七〇〇〇〇フィートをマッハ三で飛行するステルス偵察機が誕生した。

世間を混乱させるのは、この飛行機がミサイルを蒸発させられるほどの出力を誇るレーザー照射装置を搭載している事実にあった。一部のメディアの中には、「マッハ三では爆弾倉のハッチを開くことが困難なので、レーザー兵装しか搭載できないのだ」という解説もあったが、であれば素直にミサイルで攻撃すればいいだけの話で、マッハ三での爆弾投下などという馬鹿なことは検討されたこともない。

　アリカントに搭載しているレーザーは一〇〇を超えるレーザーレンジファインダーであり、それらが偵察地の上空で波長の異なるパルスレーザーを照射し、精密な空間情報を得る。この解像度は秘密を扱える関係者の間でさえ、「道路に落ちてるタバコの吸い殻の数や銘柄、あれば口紅の跡も読み取れる」とぼかした表現で語られるほどだ。

　高性能の分解能を得るためには、高いエネルギー量が必要という単純な話で、一〇〇以上あるそれらの装置の最大出力を積算すれば、ミサイルを蒸発できる水準となるのである。

「ナビゲーターはどう思う？　オビックの宇宙船が見つかるだろうか？」

　珍しくメルダー機長から、任務についてのこんな質問をしてきた。

　メルダーは、キャメロンと何度かミッションをこなしている。アリカントの操縦席に就けるのは米空軍全体でも一〇人しかいない。それもあってミッションクルーは同じコンビで選ばれる。

　だが任務中のメルダーはキャメロンのことをナビゲーターとしか呼ばない。キャメロンは機長の技量を尊敬しているし、ハラスメントを受けたことも一度もない。

　ただ機長の側はナビゲーターが同じ女性であることで、誤解を招くような行為を避けるために、任務中でも一定以上の距離を置こうとしているようだった。もちろんナビゲーターという重要なポジションにキャメロンが常に就いているのは、仕事に関してメルダーから評価されてのことだ。

この辺りはメルダー機長側に複雑な事情があるらしい。キャメロンは機長から、自分の応対が他人行儀なのは個人的事情によるものであって、決してあなたに問題があるわけではない、と謝罪されたことがあった。

「宇宙船の墜落から一ヶ月近くが経過していますが、その活動を示すものはありません。ただご存じのように中央アフリカのいくつかの鉱山を中心に、軍閥のようなものが立ち上がっていると聞いています。

その背後にオビックがいるならば、一月前の地球侵攻が先進工業国を中心としたことから判断して、宇宙船は墜落して失われたのではないでしょうか。宇宙船が存在するならオシリスに戻ることを考えるか、先進工業国への浸透を試みると思います」

「つまり中央アフリカでオビックが活動しているとすれば、それは彼らが移動できないから、そういうことか？」

「そうじゃないかと思います」

ディスプレイの光景は首を動かせば変わりはするが、それは映像として再現されたものに過ぎない。本来なら機長の表情などヘルメットのディスプレイに隠れてわからない。しかし、仮想現実では表情も見える。メルダー機長はキャメロンの意見に納得しているようだった。

「オビックは不本意な場所に拠点を構築する羽目に陥ったというわけか」

「ただオビックに協力する人間が現れたとの情報があります。これが正しいなら、オビックが拠点をより望ましい場所に移動させることはあり得ると思います」

「まぁ、だからこそアリカントが飛ぶわけだがな」

メルダー機長の言う通りだった。さまざまな情報を総合すると、中央アフリカの幾つかの鉱山を中心にオビックが拠点を建設している可能性があった。複数の鉱山を開発する中で、オビックの占領地は然るべき領域にまで拡大していると思われた。

「可能性があった」とか「思われた」と曖昧な表現になるのは、現地の情報が極端に少ないためだった。これは現地政府の支配領域が狭いこともあるが、ロシアの民間軍事会社のスペクトラム・タクティクス社などが鉱山開発の利権を握っているため、政府自体が情報を持っていないことが大きい。

一方で、スペクトラム・タクティクス社はそもそも鉱山利権を独占していることすら認めていないので、正確な情報を得るチャンネルがない。そして民間軍事会社はロシア軍の傀儡《かいらい》のようなものであるから、ロシア政府からの情報開示もない。

ただ、ロシア政府や民間軍事会社が非協力的なのは間違いないが、彼ら自身が情報を把握していないことも大きかった。ただ自分たちが現地の情報を掌握していないという危機感ゆえに、彼らは西側諸国の情報収集を妨害しようと考えた。オビックにかかわる政策では、情報をより多く持っている側が主導権を握れるからだ。このため彼らは鉱山周辺の領域で、密かにGPSの妨害やIDSPや衛星インターネットの遮断を試みていた。

現実にオビックが地球の中に拠点を建設している状況で、国連軍の通信を妨害するなどおよそ理解し難いが、この地域に少なくない秘密を抱えているために、情報統制の手綱を自分たちだけが握りたかったのである。だからこそ第三者のネット回線の利用を妨害しているのだ。

とはいえこれらのことも、傍受した妨害電波の波長やパルス幅、変調方式が、かつてのウクライナ戦争でロシア軍が使用したそれと一致するなどの状況証拠しかない。誰がこの領域でのネットワーク接続を妨害しているのかは公式には不明なままだ。

「通信妨害はやはりロシア軍でしょうか？」

キャメロンの疑問にメルダーは独自の見解を持っていた。

「GPSのジャミングや衛星インターネットの広範囲な妨害には、訓練を受けた組織が必要だ。それが可能なのは、あの地域ではロシア軍かフランス軍だろう」

「フランス軍ですか？」

「あくまでも能力としてだ。オビックである可能性は低いと思う」

「なぜです？　オビックこそ領域を占領するために通信妨害を起こしそうですが」

「私は米空軍のＩＡＰＯメンバーの末席に連なるものだが、ナビゲーターの機密資格の範囲内で教えると、オビックは我々の通信衛星インフラを活用している可能性がある」

アリカント級の半宇宙船のような機体を扱う搭乗員については、少なくとも機長クラスには航空宇宙に関する専門分野の博士号取得が義務付けられていた。キャメロンもこのことはもちろん知っていたが、アリカントの機長職が個人としてＩＡＰＯのメンバーになれるというのは初耳だった。もっともアリカントの機密性の高さを考えれば当然だろう。

「だとすると我々はオシリスだけがオビックの拠点と考えていましたが、地球の通信インフラもオビックの、なんというかシステムに組み込まれているというのですか？」

「あくまでも可能性だがね。具体例は示せないが、そう信じられる事例はいくつか報告されている。このことはロシアも知っているだろう」

メルダーは意味ありげな表情を見せる。

「ロシア軍はすでに他国には秘密裏にオビックと武力衝突となり、そのために敵の通信インフラを止めようとしている……」

キャメロンがそこまで口にすると、メルダーは人差し指を口の前に持ってくる。

「まぁ、そうしたことを含めての偵察だよ」

こうしてアリカントは何者にも発見されることなく、アフリカ大陸の中央部を西海岸から東海岸まで偵察した。彼女たちはスーダンを抜け、紅海からアラビア半島上空で無人給油機から燃料の補給を受け、深夜の嘉手納基地に着陸した。そのまま厳重な警戒の中を、このために設置されたエアテント式の格納庫に収容された。

キャメロンとメルダーは格納庫から出ることは許されなかったが、十分な設備の中で休養し、二日後にホワイトマン空軍基地へと帰還した。

これらの事実は日本政府にもNIRCにも報されることはなかった。ただしNIRCにおいては、不滅号開発計画に関連してアメリカ在住の執行役員である加瀬修造から、彼に許された範囲の情報は上がっていた。

二〇三X年七月八日・NIRC理事会

NIRC理事長の的矢《まとや》正義《まさよし》にとって、その理事会は特別なものであった。一つにはIAPOの資格保有者だけで招集されたからだ。当初は的矢と副理事長の大沼博子《おおぬまひろこ》だけがメンバーであったが、IAPOが扱う案件、特にオビックに関する研究が広範囲に及ぶと理事は増え続け、現在は副理事長の町田泰造《まちだたいぞう》、宇宙開発担当理事である大瀧賢一《おおたきけんいち》、災害・事故調査担当理事の新堂秋代《しんどうあきよ》も、IAPOの研究スタッフとしての権限を与えられていた。

すでにNIRCは法人としてIAPO参加機関だったが、これらの理事は個人としてIAPOの広範囲な研究資料を参照し、必要なら独自の研究チームを編成することも可能だった。

ただ、こうした個人参加の法整備ができたのはこの七月に入ってからであり、今回のようなIAPO関係者だけの理事会は初めてのことだった。この関係で政府関係の案件ではなく、あくまでも研究職の情報交換という体裁をとっていた。

この理事会が特別なのはもう一つ理由があった。それは理事会招集こそ定款《ていかん》に則《のっと》り的矢が行なっているものの、情報提供は次世代宇宙船開発担当執行役員待遇で、事実上のアメリカ支部の代表でもある加瀬修造によるものだからだ。

問題はその提供された情報というのが、米軍の最新鋭偵察機による中央アフリカの現状に関するものだったからだ。もちろん内容はかなり精度の高いものだったが、そのことは米軍の最新鋭偵察機の性能に触れているのも同然だった。

さすがに偵察機の具体的なデータは一切含まれていなかったし、存在が噂される新鋭機アリカントとの関係にもまったく触れられていなかった。しかし、偵察機のデータよりも、その偵察機で何ができるのか？　こそが軍事的には重要だ。

それだけに情報にアクセスできる人間は選ばれていた。厄介なことに、基準を満たせば誰もがアクセスできるのではなく、誰にアクセスを許すのかは国家主権の問題であるため、加瀬の情報はＮＩＲＣには提供できても、日本政府には未だ提供されていない。

現時点でその情報にアクセスできる日本人が加瀬だけで、彼の所属がＮＩＲＣであるためだった。ＮＩＲＣはアメリカからは研究機関として信頼されており、その政治的な独立性が評価されてのことだった。裏返せば、アメリカは自分たちに有益ならば、ＮＩＲＣのような海外の研究機関に情報を提供し、その分析結果を自分たちが活用することを厭《いと》わなかった。

「それでは理事会の前に再確認するが、ここで加瀬執行役員から提示されるデータについては、自分で保存するような真似はやめていただく。ここでの議論とそこから導かれた分析については記録しても構わないが、議論の前提となるソースデータはここで閲覧するのみになる。

ただ爾後《じご》の研究のために活用できるデータについては、各理事が加瀬執行役員に問い合わせてもらいたい」

じっさいのところ的矢が機密管理で恐れているのは、このデータの提示についてアメリカよりもむしろ日本政府に知られることだ。これはオビックという人類史上例のない存在に各国政府がIAPOなどを創設し、試行錯誤をしながら関係法規を整備したことに起因する。

つまり相手の動きがまったく予想できない中で、安全保障としての同盟関係の構築と国家主権の尊重という、本質的に矛盾を含んだ枠組みを作り上げたためだ。

結果的に、情報をより多く把握している国、つまりは科学技術の水準と人材の層の厚い国が有利となる現実が生まれていた。そうした国が国際間のルールを作り上げた結果、情報強者、たとえばアメリカの情報を誰に提供するかはアメリカが決めるという構造ができていた。

だからアメリカがNIRCに情報を提供し、日本政府には提供しないと決めたならば、それに従う必要があった。そうしなければ新しい情報は入ってこない。

しかし、生憎《あいにく》とこの現実を理解しているリアリストが日本政府にいない。日米同盟があるから、あるいはNIRCは日本の機関だから、日本政府に自動的に情報が送られると彼らは無邪気に信じていた。とはいえ情報管理と情報伝達の権限範囲は法律や条約の文言を読めばわかることであり、的矢の方から指摘するわけにもいかなかった。NIRCの立場でできるのは、政府からの問い合わせに対して適切なヴァリアントを提示することだけである。

「では私の方から説明します」

加瀬が自分のパソコンの画面を共有する。そこには画像処理されたらしいアフリカ大陸中央部の地図が表示されていた。かなり詳細だが、カメラ映像ではないようだった。だが米空軍の最新鋭偵察機の性能に関わる質問をする理事はいなかった。

「まずこの画像データによると、オビックの管理下にあると思われる領域は、金、コバルト、ウラン、銅を産出する四つの鉱山を頂点とする、およそ四万平方キロの領域です。

事前情報によると、この領域はオビックの問題が生じるまで、国境を接する複数の主権国家の統治力が弱いために、スペクトラム・タクティクス社を筆頭として、いくつかのロシアの民間軍事会社が治安維持を請け負っていました。

これらは治安維持の見返りとして、先にあげた鉱山の開発権と管理権を認められていました。関係国の中央政府としては反政府勢力の財源になるよりずっとマシと考えていたようです。

ただ現実を直視するならば、複数の国境を接するこれらの領域は、まぁ、端的に言って民間軍事会社の植民地化されていた。その後ろに控えるロシア政府にとってもこの事実が国際社会で明らかになることは望ましくなく、さまざまな手段を用いて、情報が外部に流れないようにしてきた。ここまでが話の前段階です」

加瀬はそう説明したが、的矢や一部の理事にとって、中央アフリカにそうした領域が存在することは既知の話だった。ただ端的にいって、これはロシア一国の問題ではない。金鉱山一つにしても、そこで産出された金は当該国政府の名前でサウジアラビアなどに輸出され、さらにそこからヨーロッパの市場を経て、産地を偽装されたのちに国際市場に流れていた。

こうした金の流通にはロシアに経済制裁を科している国々も関わっており、自分たちが流通に関わることで、ロシアに外交的な圧力をかける時のカードとして利用しようと画策している側面もあった。金の流通一つとっても全貌解明は困難であり、資源開発の利権がどこでどんな国益と結びついているかは、AIで解析させても解明しきれなかった（正確には、情報の精度にばらつきがあることなどから、分析結果は収束よりも発散傾向が見られ、極端な事例ではAIが陰謀論を生成してしまうようなことさえ起きていた）。

「いまのが前提となる知識です。じっさいはもっと複雑なようですが、ここでは深入りしません。

さて、六月にオビックの宇宙船四八隻が地球侵攻を試み、対空ミサイルによって全滅させられたことは理事の皆さんならご存じでしょう」

加瀬は確認するように画面の中で視線を動かした。

「それでヨーロッパでミサイルにより撃墜した宇宙船の一隻が、中央アフリカに墜落もしくは不時着したと考えられています。この一隻は僚艦がほぼ全滅した状況でオシリスへの帰還を試みたようですが失敗し、ミサイルによる船体の損傷から軌道に到達できないまま、中央アフリカに向かった。つまり同地に向かったのは、軌道解析によれば偶然であったようです」

画面は、アフリカ中央部を楕円形に囲んだものとなった。その領域にオビックの宇宙船は墜落したらしい。ただ領域を提示しているということは、着陸地点を特定できていないのだろう。

「オビックの宇宙船が具体的にどこに着陸したのかは、現時点でもわかっていません。地上に墜落したと思われる痕跡はなく、河川や湖に着水したのではないかと考えられています。我々は宇宙船の損傷具合を把握していない。それが十分な減速が可能な余力を持っていたならば、沼程度の大きさの場所に隠れることは可能です」

画像は鉱山の周辺地域と思われる四ヶ所に切り替わる。的矢はそこに巨大要塞か何か、特別な構造物の展開を予想したが、そんなものはなかった。整備された畑があり、用水があり、村人たちが住んでいるらしい集合住宅のようなものが見える。ありふれた田園風景だ。

「この画像からだけ判断すれば、平和な農村のようなものを想像するかもしれませんが、まさにそれが異常な状況です。この地域は内戦が起こり、秩序は維持されず、農村は荒廃していた。

ＦＡＯ（国連食糧農業機関：Food and Agriculture Organization of the United Nations）が入って農村の復興支援を行なってますが、それらは未だ小規模ですし、この画像の場所ではない」

「オビックの支配領域では秩序が維持され、農村の復興が進んでいるというのか？」

的矢にはいまひとつしっくりこない話だった。現地に関しては山岡宗明二等陸尉と思われる人物がチューバーを指揮しているという情報や、山岡が複数存在するという情報がＮＩＲＣにも入っていた。

それについては日本からも自衛隊が調査に派遣されていたが、事実関係についてはまだ確認できていなかった。

山岡の死体がミリマシンによって解体されたのではないかというのは、ＩＡＰＯの科学者部門の一部では共有されている事実だったが、一般には公開されていない。ミリマシンが山岡を解体した理由として、人間を複製するためという仮説が提示されていたからだ。

専門家の間では、人間を再構成することは容易ではないというのが一般的な見解であったが、アフリカ中央部で山岡が複数存在するという目撃情報は、そうした仮説に修正を迫るものだった。

こうした背景から的矢は、オビックの活動領域には人類の理解を超えるような基地か何かが建設されているのではないかと考えていた。だが加瀬の資料にあるのは基地ではなく、整備された農地である。

「現地の情報はロシア側の妨害もしくはサボタージュにより入手が困難な状況ですが、その理由は皆さんが目にしているこの農地にある。

限られた情報から判断すると、オビックは現地に複数存在する武装組織を何らかの方法で支配下に置いているようです。そしていくつかの武装組織を束ねているのが山岡と名乗る自称日本人です。確認されている範囲で五人の山岡がいます。

その合議により、この地域は統治され、農業をはじめとして自給自足可能な経済圏を構築している。

このことが意味するのは、四つの鉱山の権益と領域の支配権をロシアの民間軍事会社が失うという事実です。ロシア側の広範囲な通信妨害はこのことと関連すると分析されています」

加瀬の口ぶりでは情報のソースについてある程度は知っているらしい。だがそれを口頭でも明かすつもりがないのは明らかだ。アメリカの情報管理の法律に従っているからだろう。なるほど加瀬はNIRCの人間ではあるものの、そのうちにアメリカに帰化してしまうのではないか、的矢はそんな気がした。

「オビックの占領地が拡大することが、ロシア政府なり民間軍事会社の既得権益にとって脅威となるのはわかるが、そこから彼らが広範囲な通信妨害を行なっているというのは少し飛躍があるのではないか。そもそもこの問題はロシアの国益を超えたものだろう」

気がつけば加瀬との応対は的矢だけが行なっていた。他の理事たちは加瀬の説明を待って質問などをするつもりであるだけでなく、やはり機密管理面のことを意識して発言に慎重になっているのだろう。この理事会そのものは合法的ではあるが、NIRCが省庁からの独立を守ることへの圧力も強い状況では、慎重になるのも避けられない。

「ここからは根拠が明かしにくい話となりますが、現地ではすでにロシア軍もしくは民間軍事会社による武力を用いた鉱山奪取が行われたものの、彼らの作戦は失敗し、戦備のほとんどを失った。

問題は、ロシア側は政府軍の奪還に見せかけるために最新鋭のT34戦車まで投入したようですが、チューバーと現地の武装勢力との連合部隊により撃退されたという事実です。にわかには信じ難い報告ですが、間違いはないようです。

武力衝突は短期間に何度か行われ、戦車を国連平和維持軍のように白く塗って、UNと描くような偽装まで行われたとの情報さえあります。しかし、攻撃はすべて失敗し、現時点でロシア軍も民間軍事会社も一時的に撤退しています。

通信妨害はそうした武力行使の必要性で始まり、いまは自分たちが惨敗したことを隠す必要からなされているようです。ただこうした情報が入手できる点でわかるように、通信妨害は限定的というか、通信困難な領域とそうでない領域がモザイク状に分布しているのが実情です」

「戦車を含む部隊を再三にわたりオビック側が撃破したとのことだが、彼らはどんな兵器で応戦したんだ?」

「それについては正確なところはわかっておりませんが、断片的な証言から判断すれば、チューバーは相変わらず刀で人間の首を刎《は》ねているようです。人類にとって未知の兵器が使用されたという報告はありません。

もっとも情報量が少ないのも事実で、この見解についても、文字通りいまもチューバーは刀しか使っていない可能性と、未知の兵器は使われているが人間がまだ認知していない可能性もあります。巨大なロボットが襲ってきたという類の真偽不明の情報もなくはないので。

ただ戦車や装甲車両を破壊したのは武装勢力の手持ちの対戦車ミサイルなどで、それ以外の未知の手段は確認されておりません」

「対空火器は？」

的矢は尋ねる。加瀬の話を信じるなら、戦場でチューバーが刀を振り回して歩兵の首を刎ね、装甲車などの兵器を人間がミサイルなどで破壊しているとなる。オビックの宇宙船が航空宇宙自衛隊のF15戦闘機を撃墜した例はあるが、これも後の分析でチューバーが戦闘機に飛び移って叩き落としたということがわかっている。

的矢に限らずIAPOでも、チューバーが刀しか使わない理由は最大の謎の一つになっている。オビックが戦闘という概念を知らないのだという意見はさすがにいまでは支持されなくなっていたが、同時にそれよりマシな仮説もいまだに提示されていない。

ただここまでは地上戦の話である。ロシア軍なり民間軍事会社が戦闘爆撃機などを投入すれば、オビックも対応を変えるのではないか？　的矢はそう考えたのだ。

「民間軍事会社による戦闘爆撃機の投入は行われましたが、それらもすべて携帯式の対空ミサイルで撃墜されました。ロシア側が使用できる滑走路は、この周辺ではオビック占領地内にある一つだけで、そこが使用できない現在、彼らの航空戦力は大きな制約のもとにおかれています。さすがに国境を越えてミサイルや軍用機が活動するのを容認する国はまずない。それらの軍事活動は、NATO軍などを刺激するのは明らかです。

こうした制約からロシア側が使える航空路は非常に狭くなり、航空機の逐次投入を迫られる。守る側からすれば限られた侵入口に対空ミサイルを集中配備すればいい」

そこで加瀬は、背景にあるモニター画像を一度消した。

「ただ、本当にオビックが刀ばかり振り回しているのかどうかについて、私個人は別の可能性を憂慮しています。

それはですね、領域内の武装勢力の対戦車ミサイルや対空ミサイルの供給源です。小銃や小銃弾については、内戦が続いていた土地であり在庫は豊富だと考えられます。民間軍事会社が持ち込んだものも少なくない。とはいえ、いつまでもロシア側から奪った武器で戦い続けられるものではない。戦闘が激しければ激しいほど、武器の消耗も激しいですから。

問題の領域をロシア側は奪還できないにせよ、外部からの交通は寸断し、包囲網は築いている。他所からのミサイルの供給は不可能なはずですが、彼らは対等以上の戦果をあげている。武器が豊富だからです。

さらにミサイルの命中率が突出して高い。入手できている情報を信じるなら、百発百中を実現している。

こうしたことから判断して、オビックは人類の製造した兵器の中で、選定基準は不明ながらも対戦車ミサイルや対空ミサイルはコピーし、何らかの改良も施している可能性がある。どうやってそんなことが可能か？」

「ミリマシンか、例の？」

それは的矢の直感だったが、もしもオビックがミリマシンで山岡の複製を作り出せるなら、ミサイルの複製など容易《たやす》い話だろう。

「ミサイルをミリマシンで複製しているという証拠はどこにもありません。しかし、そのように解釈するのが現状ではもっとも矛盾が少ないと考えます。

もちろん疑問点は多々あります。どうしてミリマシンはミサイルしか複製しないのか？

またミリマシンそのものを武器としないのは何故なのか？」

「技術的なこともあるが、どうして武装勢力はオビックに協力しているのだ？」

的矢にはむしろそのことの方が、武器の調達よりも重要に思えた。現在のところオビックが人類とコミュニケーションをとったという事例は報告されていない。しかし、アフリカ中央部の限られた領域とはいえ、オビックと現地の武装勢力が協力関係を築いているとしたら、それは深刻な問題だ。

「それもわかっていません。催眠術や洗脳の類ではないようです。じつはフランス軍や他のNATO諸国、さらにはロシアがこの地域に直接呼びかけを行なっているのですが、オビックからの返信はありません。

現地の武装勢力からもめぼしい反応はありません。罵詈雑言《ばりぞうごん》を無視すれば、返答内容は自分たちの土地に侵入するな、これにつきます。

むろん罵詈雑言も情報です。何語により、どんな単語が使われているかで、返信を行なった相手の文化的な背景がわかる。明らかなのは、ロシアやNATO諸国の干渉を拒否するという複数の武装勢力からの意思表示で、この点では彼らのコンセンサスはできている」

そこで加瀬は言葉を切る。

「情報のソースは明かせないので、ここからの私の話を単なる憶測と解釈していただいても構いません。ただ私からは、一定の信頼度はあると言えるだけです。

まず、オビックは武装勢力に対して陸自の山岡と名乗る人間を仲介者としています。この山岡は人間です。なぜならば、狙撃したら即死したからです。死体も人間としか思えなかった。ただ本物の山岡かどうかは、死体を回収できる状況ではないため不明です」

　誰が現地の山岡を狙撃したのか、それに対する説明を加瀬はしなかった。

「山岡は複数存在する。現在確認されているのが五人、暗殺された山岡は二名いるので、少なくとも七名の山岡が存在した。おそらく総数はもっといるでしょう。クローン人間の類かもしれませんが、それは現時点では不明です。

　問題の占領地は、民間軍事会社に治安維持を依頼しなければならないことでわかるように、長年にわたり紛争が絶えなかった。その土地に、オビックは平穏な環境を提供した。諸勢力の紛争は終わり、民兵たちは土地を与えられ、地主として生きて行ける目処《めど》が立った。

　我々は彼らを武装勢力と呼んでいますが、たぶんその呼び方こそ実態を見誤ることにつながっているのです。構造は単純です。平和な環境で地元の人たちが土地を、つまり自分の財産を与えられ、働いている。彼らが外部からの干渉を拒否するのは、オビックの洗脳などではなく、それが自分たちの直接的な利益に通じるからです」

「オビックの善政に人々は帰依《きえ》している、と？」

　的矢は困惑していた。上空の宇宙船から緑色の光線を浴びて、みんなオビックの奴隷になっているとでもいうような荒唐無稽な話の方が、まだしも納得できた。宇宙人による善政とは。

「いえ、そこまで話は単純じゃありません。そもそも考え方の違い、利害関係の違いから武装勢力は対立していたのに、オビックの統治で積年の問題が解決するわけがない。彼らは人間への知識を蓄えてはいるようですが、人間を理解しているかどうかは疑問です。

ただ私なりに判断すると、オビックの統治は古臭い手法ですが、飴と鞭です。

まず飴ですが、これは非常に深刻な問題を内包している。オビックの鉱山で産出される金やコバルトが国際市場に流れ、富をもたらしている。この富がどういう形で現地の人々に還元されるのか、それはわかっていません。何某《なにがし》かの密輸ルートがあるなら、先ほどのミリマシンによるミサイルの生産仮説は修正されるでしょう。撃墜したものとは別のオビック宇宙船が活動している可能性もあるので。

それで鞭ですが、これは先ほどの善政とは何かという哲学論争になりますが、まずオビックは自分らの統治を邪魔する人間は容赦なく首を刎ねている証拠がある。つまり恐怖政治です。首を刎ねる基準は不明ですが、行動原理が不明確であるが故に、人々の行動は慎重になり、結果として治安は守られるわけです」

的矢は現地の状況に既視感があった。混乱した国内状況を全体主義が席巻し、治安は回復し、経済も一時的にだが改善したように見える。しかし、その裏では多くの異端が処刑されている。

これがオビック社会でも通用している全体主義統治の原理なのか、それとも山岡というインターフェイスを用いたことで生まれる、人間集団が持つ潜在的な危険性なのか。それはわからない。

一つ明らかなのは、アフリカ中央部で起きているこの動きを放置し、拡大を許すことは、オビックの意図が何であれ、人類に災禍しかもたらさないだろうということだ。ただし、こうした事実の一方で、これはチャンスでもあると的矢は考えていた。

「理事長としていままでの話で思ったのだが、国連軍か有志連合軍という形で問題の領域を完全封鎖しつつ、武装集団を束ねる山岡と接触することは可能だろうか？　いや、接触することを考えるべきだろう。

現時点において、人間とオビックをつなぐ存在は山岡だけだ。そこから人類とオビックのコミュニケーションチャンネルを開けるのではないか？」

「おそらく、それが正解でしょう」

加瀬は的矢の意見に賛同する。ただ的矢は加瀬の様子に、おそらくアメリカ合衆国政府も同様の考えでいるのではないか、そんな気がした。

二〇三X年七月八日・アフリカ中央部

「見えました、あそこ！」

飛行機は予定通りの時間に現れた。

「出発だ！」

ジーン・ボカサが命じると、ロシア製の大型軍用トラックの車列が動き出す。運転手はボカサの鉱山の仲間だが、重労働を担う作業員の多くは、投降したスペクトラム・タクティクス社の連中だ。武装解除された彼らは、かつて自分たちが鉱山労働者にしてきたような境遇に置かれている。

つまり食事と寝るところは与えられるが命令に反抗することは許されず、刃向かえば抵抗を止めるまで殴られる。この地域へのチューバーの進出がいつからなのかはボカサも知らない。他の人間の話を聞いても、せいぜい数週間程度のものらしいが、それでもこの地域は随分と変わった。

ともかく同じ国民なり民族が武装して闘いあうことが終わっただけでも、大きな進歩だ。もちろん元国連職員としては、停戦要請に従わない人間とみたら瞬時に首を刎ねるやり方を無条件で肯定するつもりはない。

しかし、その少ない粛清で地域に平穏がもたらされたのもまた事実だ。ボカサは自分でも意外なほど、この恐怖政治の現状を肯定的に捉えていた。その一番の理由は、彼がこの地域を支配している山岡たちに近い位置にいるためだ。

山岡と名乗る人物は、日本軍の中尉であると称しているが、ボカサはそれを怪しいと思っていた。軍人も何も、そもそも山岡が人間かどうかも疑わしい。ボカサが知るだけでも、山岡は一〇人いた。

しかも、その中には暗殺された山岡が二名いた。そのうちの一人はボカサの目の前で、ドローンにより上空から狙撃されていた。それでその山岡は死んだと思った。頭を撃ち抜かれ、大量の出血もあったから間違いない。さらにその死体を埋める指示を出したのは他ならぬ自分自身だ。

にもかかわらず、翌朝には山岡は戻ってきた。狙撃された時と同じ着衣で、血まみれのままで、しかも泥だらけだったが頭の銃創は消えていて、いつものように事務所に現れた。

その山岡はどういうわけか風呂にも入っていないのに、昼前には着衣も綺麗になっていた。どう考えても人間とは思えない。しかし、やたらと人の首を刎ねるパイプのような細いロボット（チューバーと呼ぶことを後に聞いた）とも違う。強いて言うならンガンザ（ngaNza：悪霊）だろう。

国連職員だったボカサはもちろん悪霊の存在など信じてはいない。ただ人に似ていて、不死身の存在に悪霊のイメージを重ねただけだ。

山岡たちが支配している土地は、スペクトラム・タクティクス社が管理している四つの鉱山を結ぶ領域らしい。その中には同社が管理していた飛行場もあったそうだが、いまはロシア軍のミサイル攻撃で破壊され、使用されていない。本当にそれがロシア軍のミサイルだったのかはわからないが、いずれにせよ飛行場は使えない。

ただそれが悪いことばかりではない。スペクトラム・タクティクス社の戦闘機やヘリコプターもそこを使えなくなり、この土地の制空権は自分たちにある。スペクトラム・タクティクス社の航空機は安全に飛べないが、自分たちの飛行機は自由に飛んでいるからだ。

それにオビックの飛行機は垂直に離着陸するので、テニスコートほどの面積さえあれば充分だった。それでもオビックたちは離着陸場所を数ヶ所に限定しているという。理由ははっきりしない。交通の便がいいことと、どうもロシア軍が通信妨害をかけている場所を避けているらしいとの噂もあった。

ボカサにその噂を検証する能力はなかったが、通信妨害がかけられているという場所では、山岡が土地を管理している傾向があった。

飛行機は低空を飛んでいた。その姿はスチームアイロンが飛んでいるようにも見えた。トラックの車列を追い抜き、少し離れた空き地に着陸する。そこがここしばらく使っている、空港と呼んでいる場所だ。

トラックの車列が到着した時には、飛行機から積荷が下ろされていた。ボカサはあまり詳しくないが、オビックの飛行機は人類のそれとあまり似ていない。アイロンのような三角形の形状で、全長は二〇メートル、一番幅のある機体後部で一〇メートルほどだ。主翼らしい主翼はなく、胴体のバランスで飛行しているようだ。

ジェットエンジンのようなものは見えないが、着陸直後の機体の周辺では、確かに高温の風を感じた。ただ機体は日々改良されているようで、最近は熱を直接感じることはなくなった。

飛行場と呼んではいるが、管制塔も格納庫もない。ただ飛行機よりひとまわり小さいくらいのプレハブ式の小屋があるだけだ。

車列の接近を認めると、プレハブ小屋から五体ほどのチューバーの集団と、スペクトラム・タクティクス社の元戦闘員らしい男たちが一〇人ほど現れる。彼らが元戦闘員とわかるのは、迷彩服の正面に赤いV字が描かれているのと、何よりもそのノロノロとした精気を欠いた動きからだった。

チューバーたちに人間の健康管理への興味も理解もない。そしてこの辺りの人間で、オビックによるスペクトラム・タクティクス社の元戦闘員の処遇を哀れに思うものも同情するものもいない。それが元戦闘員たちがこの土地で行なってきたことの報いでもあった。

それでも元戦闘員たちは生きており、食事などは与えられているのだろう。だが服装はいつも同じ迷彩服だ。彼らはチューバーたちと同じプレハブ小屋で暮らしている。それがどんなものであるのかボカサは知らないし、知りたくもない。

ただ三〇人近くいたはずの元戦闘員たちがいまは一〇人ほどに減っていることと、減った分だけ掘り返された土地が増えていることが、すべてを物語っているだろう。

「Не мешкайте, работайте.（ぐずぐずせずに働け）」

飛行機から降りたスーツ姿の女性が叫ぶ。この土地にはそぐわない企業幹部のような出立《いでたち》だ。それがアナイス・トァデラだった。ボカサと同じ民族の女性で、出身地もそれほど離れていない。彼女もまた村から都会に出て、幸運に恵まれ高等教育を受けた。何よりも彼女には多言語理解の生まれながらの才覚があった。その能力を活かしてアフリカ各地での貿易に携《たずさ》わることとなった。

ボカサが彼女について知っているのはそこまでで、どうして山岡とコネクションを作り上げたのかはわからない。それはアナイスにとって、ボカサがいまのポジションに就いた理由がわからないのと同じだろう。

チューバーにはもはや無反応な元戦闘員たちも、アナイスの言葉には反応した。どういう事情か知らないが、彼女のロシア人に対する冷酷さはこの辺の土地では知れ渡っていた。

「商売はどうだった」

飛行機のドアに横付けするようにトラックが停まると、ボカサは運転席から降りて、アナイスに書類を見せるよう促す。その間に元戦闘員らはトラックの荷台に飛行機からの物資の積み替え作業を始めた。やる気はまるで見られなかったが、作業は進んでいた。

「上々です。オビック騒動で外の世界では金価格が急上昇しています。日用雑貨の類は捨て値で確保できます。肥料価格は高騰しています。プラントが火薬生産に振り分けられているというのが関係者の意見でした」

アナイスは、オビックが管理している四つの鉱山を含む地域以外の土地を「外の世界」と呼ぶようになっていた。

もっともこの地域は世界が思っているほど自給自足ではない。情報が流れないから鎖国しているように外の世界の連中が思い込んでいるだけで、実は貿易は成立している。

そもそも四つの鉱山は、スペクトラム・タクティクス社が国家主権を無視した形で管理していた。そこで産出される金やコバルトなどは、戦時体制に移行しつつある世界では貴重な資源として国際価格が高騰していた。世界がそうした資源を血眼で探していた。

もともとスペクトラム・タクティクス社は、経済制裁を掻《か》い潜《くぐ》るための鉱山資源の密輸ルートを構築していた。ボカサも詳しくは知らなかったが、アナイスは、そうしたビジネスにオビック到来前から関わっていたらしい。

だからスペクトラム・タクティクス社がこの地域から追放された後も、その密輸ルートを通じて、地下資源とのバーター貿易を続けていた。さすがに対戦車ミサイルの類は手に入らないが、山岡が必要とするものは手に入った。それらを提供すると、チューバーたちが必要なものを(どういう方法なのかはまったくわからないのだが)作り上げていた。

「オビックについて外の連中はなんと言ってる?」

「連中ですか。自分たちの情報は明かそうとしません。その代わり我々から少しでも情報を得ようとする。オビック情報は、それ自体が金になる」

アナイスは意味ありげに笑う。

「私の商売相手は利に敏《さと》い連中です。我々がオビックと通じていると考えていても、それを当局に密告はしない。利益にならないし、むしろ貴重な資源のルートを失ってしまう。

それよりも、もしもオビックが地球を支配した時、我々との良好な関係を維持して、そこから取り入ろうと考えている。リスクヘッジですよ」

「それがリスクヘッジになるというのか。おめでたい連中だな」

ボカサはチューバーの前で黙々とトラックに荷物を積み込む連中を見ながら、そう思った。

4　最終手段

二〇三X年七月九日・アフリカ中央部

飛行機は荷物を降ろすと、再びどこかに飛んでいった。ボカサもアナイスも自分たちの世界にオビックの飛行機が何機存在するのかはわかっていない。どうやら自分たちの世界、つまり鉱山四つに囲まれた領域にある材料で製造されたようだ。

どうやって製造したのかまではボカサにはわからない。鉱山の工場で捨てられていた金属廃材の中から飛行機のような形が浮かび上がり、気がつけば完成していた。ボカサの記憶では、これに似ているのはキノコが生える時だろう。

ともかく飛行機はこうして誕生した。ただ生産数は多くないだろう。一機ということはないだろうが、たぶん五機を超えることはないだろう。

数を把握するのが難しいのは、個々の飛行機が常に部分改良をしているためだ。夜に着陸した飛行機が翌朝には細かい形状が変わっているなど珍しくない。一度に二機以上を見たことがあるので複数あるのは間違いないが、そこまで多くない印象だ。

じつは鉱山の金塊でも同じことが起きている。工場で精錬された金塊は、オビックの技術により、さらに純度を高められる。何をしているのかはわからないが、金塊がうじが湧くように蠢《うごめ》いて、それが収まると純度が上がるのだ。人間は金鉱山で金の採掘しか考えない。しかし、オビックは人間が経済価値がないと捨てているスラグからも資源を回収しているらしい。ともかくその金塊が売り物となる。

トラックの車列は荷物を積み込み終わると、鉱山に戻って行った。どのトラックにもチューバーが乗っているので、途中で脱走する車両はないはずだ。飛行場にはまだ降ろされた資材が残っていたが、それらは軍用のキャンバスを被せられていた。明日には別の村落からトラックが来るはずだった。

「山岡が来た」

作業が一段落したタイミングでボカサらが一息ついていると、アナイスが道路の向こう側を指さす。機関銃を装備した使い込まれた日本製のピックアップトラックが近づいてくる。荷台には六体のチューバーが乗っていて、運転席には二人の人間が乗っていた。運転手は見慣れない少年で、その横にいるのが山岡だった。

少年は、雰囲気から鉱山で働いていた人間と思った。鉱山にはどういう経緯でか重労働につかされている少年らがいた。彼に限らず、山岡の周辺には鉱山の強制労働から解放された人間が多い傾向にあった。

助手席に山岡が座っている。迷彩服を着ているが、徽章《きしょう》の類はどこにもなく、日本陸軍の中尉という話も自称であって真偽は不明だ。だがそんなことはどうでもいい。この世界はチューバーが統治し、そのチューバーを山岡が管理している。重要なのはそこである。そしてボカサは、何人かいる山岡の側近の一人なのだ。

ピックアップトラックはボカサらの真横に止まる。スペクトラム・タクティクス社の幹部だったら、従卒がすかさずドアを開けるところだが、チューバーも運転手もそんな真似はせず、山岡は自分でドアを開けて、ボカサらの前に立つ。

「これが搬出と搬入リストです」

アナイスが手書きのリストを渡すと、山岡は関心がないように紙を捲《めく》るが、それでいてすべての数字を読み取っていた。見かけは抜けているようにしか見えないが、そこに騙されてはいけないことをボカサはすでに学んでいる。

「よろしい」

山岡は綺麗なフランス語でそう言った。首都などでフランス人たちが話しているフランス語よりも教科書的だった。人が話すような感情を感じられる話し方ではない。人と違うものが人の完璧な模倣をしているような印象を、ボカサは山岡から常に感じていた。悪霊というイメージが一番しっくり来るのはそのためだ。

「ボカサ、君らの金鉱山の生産量はまだ上げられるか？」

「現在の状態では、生産量の増大は困難です」

ボカサは率直に状況を報告する。というよりも率直にならざるをえない。山岡にはそういう言い方しか通用しないからだ。どうも山岡が知っている語彙《ごい》というのが非常に少なく、さらに偏《かたよ》りが大きい。だから特定の用件では会話は成立するが、方向性が変わると、会話そのものが成立しない。

「今日はなぜ山岡さんはいらしたのですか？」

「移動する目的地がここだ」

「ですからここへいらした理由は」

「ここへ来るためだ」

いまのような状況がそうだ。山岡とボカサやアナイスは貿易や鉱山経営については会話が成立し、その方面に関しては数字のやりとりもできる。しかし、話題がそれから外れると、単語のやり取りはできても会話は成立しない。

ボカサがいまのポジションにいられるのも、この事実にいち早く気が付いたからにすぎない。この点は、複数の言語集団の中で生活するという国連職員の経験の賜物《たまもの》だと自分では思っていた。

そこがわからずに山岡と接した鉱山の仲間は、あるものは気味悪がって自分から距離を置き、またあるものはチューバーによって首を刎《は》ねられた。

「生産量増大のための案はあるか？」

山岡は抑揚に乏しい声で尋ねる。ボカサが過去に接した管理職の中には、自分の気に入らない事実を提示されただけで癇癪《かんしゃく》を起こす人間もいた。そうでなくても「どうしてできないのか？」と責める人間も珍しくない。

しかし、山岡は不愉快な現実を聞かされても、そこに憤《いきどお》りを露わにするようなことはなく、ただ対案の有無を求めてくる。これだけであれば理想的なボスにも思えるが、コミュニケーションが成立するのはそうした場面だけだ。そこはやはり人間とは異なる悪霊のような印象を与えている。

「採掘量の増大のためには、人間を増やし、鑿岩機《さくがんき》などの稼働率を上げる必要がある。予備部品を確保し、三交代制で二四時間の稼働を行うには、鉱夫が不足している。鉱夫になるための基礎教育は始めたばかりなので、成果が出るには、あと一月の猶予が欲しい」

「鑿岩機の性能を上げたらどうか？」

山岡はボカサの話を聞いてから、少しの間をおいてそう提案してきた。ここからがボカサの出番だ。相手は宇宙人なのか悪霊なのかもわからない。しかし、スペクトラム・タクティクス社の連中よりはずっとましだ。だからボカサは恐れなかった。

オビックが進駐する前、鉱山を管理していたスペクトラム・タクティクス社の戦闘員らは、銃をちらつかせては一二時間労働や、ひどい時には一八時間労働を鉱夫たちに強制した。要するに劣悪な環境で事故や衰弱で死亡する人間が多いために、労働者が減り、それを穴埋めするために長時間労働を強いてくるのだ。

そしてボカサがそうであったように、近隣の集落から労働力となる人間を誘拐して集めてくる。しかし、そんな人間たちは鉱山では素人であり、時には子供まで連れてこられた。こうした状況では事故率が高く、死傷者も多い。そしてまた誰彼構わず連れてくる、この悪循環だ。

そうした中でスペクトラム・タクティクス社の人間が鉱山からチューバーによって駆逐された時、鉱夫たちは何が起きたか理解できなかった。ボカサと周辺の人間たちは、これを脱出のチャンスと捉えて車で逃げたが、山岡らによって連れ戻された。

日本陸軍中尉を名乗る山岡は、残された鉱夫たちにそのまま働くように要求した。鉱夫たちの反応は薄かった。この時の彼らの視点では、暴君Aが暴君Bに置きかわっただけだったためだ。ならば状況が変わるわけではない。それにスペクトラム・タクティクス社の戦闘員たちの首を次々と刎ねていたのだから、話しかけるどころか近づかないというのが健全な良識だろう。

いまでもボカサは自分がどうしてそんな行動に出たのかよくわからないが、チューバーを率いる山岡ならスペクトラム・タクティクス社の連中より話が通じると直感した。同社の戦闘員らに対しても、ボカサには同情心など微塵も湧かず、むしろ首を刎ねられても当然の連中と考えていたこともあったのかもしれない。

「待遇はいまよりも改善してくれるのだろうな！」

ボカサがそう発言すると、チューバーは一度は彼を包囲しかけたが、すぐに離れて左右に分かれ、山岡までの道を作るように整列した。ボカサはそのまま山岡に向かって進む。ここにきて膝が崩れそうになったが、そこはなんとか意志の力で抑える。

「待遇の改善とは何か？」

ボカサはこの質問で、山岡がこの鉱山についてほとんど何も知らないことを悟った。スペクトラム・タクティクス社の連中に「待遇改善」などと口にしようものなら、良くて鉄拳、悪くすれば鉛玉が飛んでくる。それに対して山岡は、わからないからこそ尋ねてきたのだ。

「まず、勤務時間の短縮、採掘現場の安全確保、食事と住居の改善、それと給料の倍増だ！」

状況を把握できないまま、ことの成り行きを見守っていた鉱夫たちも、ボカサの要求は理解できた。非日常的な状況の中で、誰にでも理解できる具象的な話であったからだろう。鉱山全体で歓声が上がった。それは山々に反響し、その場を圧倒した。印象的な光景だったが、山岡は表情を変えない。

「勤務時間の短縮とは何か？」

「一日八時間勤務だ」

こうして一連のやり取りが続いた。山岡はある程度の会話が可能な程度には語彙《ごい》力があり、どこで覚えたのか、土木や建築、労務管理、さらには中小企業経営のようなことにも意外に知識があったが、それ以外の分野では驚くほどの無知を晒《さら》すこともあった。

また山岡が知っている知識も、必ずしもアフリカ中央部で通用するとは限らず、日本における常識の範疇であるようだ。これは山岡が日本陸軍の人間と名乗っているくらいだから、仕方がないのかもしれない。

それでも納得できるまで説明すると、そこからはちゃんと理解してくれた。ただ一通りの待遇改善の意味を飲み込ませるまで、ボカサは精魂尽き果てるほど説明を強いられた。いくつかの鉱山特有の問題を解決するために、山岡ともども金鉱山の中に入り、知り合いの鉱夫に頼んで機械を動かしてもらう必要もあった。

それまでボカサは山岡に言葉を理解させようとしていた。しかし山岡は、言葉だけでなくボカサそのものを「解読」していたらしい。解読というのも必ずしも正確ではないのだが、ボカサの言葉だけではなく、行動すべてを観察し、それを言語と結びつけていたらしい。

このため山岡は、ボカサ以外の人間では話がうまく通じないことが多発した。ボカサとの言語理解に特化して学んでいるようで、ボカサとは意思の疎通ができたが、それ以外ではうまくいかなかった。

ボカサにも山岡の思考回路は理解できず、その言語理解には疑問もある。まず鉱山を占領してから今日まで、増えたとはいえその語彙力は依然として限られている。単語が意味する概念の理解に十分な蓄積がないためだと彼は推測していた。それでも山岡は重要な単語とそうでない単語の識別基準があるらしく、重要ではないと判断した単語については覚えようとする姿勢も示さない。だから語彙が増えることはほとんど期待できなかった。

にもかかわらずボカサやアナイスと山岡との会話が成立しているのは、実はボカサの言葉の中で知っている単語の並びとか使用頻度から、山岡集団の中で意味を再構築しているように思えた。

より正確にいえば、会話など最初から成立していない可能性さえある。山岡は意味を理解せずに、ボカサの発する言葉の音の並びと行動の相関関係を蓄積し、求める行動を促すための音の並びを発しているだけと解釈できるからだ。思考回路の異なる人間は、それを会話の成立と誤解しているわけである。

こうした状況でもボカサが山岡の側近的な立場で権力を握れたのは、チューバーという暴力装置の存在も少なくなかった。

ボカサの方針に反する人間は、老若男女の別なくチューバーが容赦なく首を刎ねた。数人こんなことが続けば、ほとんどの人間はボカサに逆らわなくなる。それにボカサによる土地の管理は、基本的に彼がFAO時代に行なってきたことを踏襲したもので、この世界の村落にとってはプラスになることが多かった。何よりも生活が安定し豊かになったことは、恐怖政治と表裏一体ながら、コアとなる支持層を生み出していた。

ボカサがそうした支持層を多数派にできたのは、それまでの腐敗や汚職などと無縁であったことも大きかった。彼自身、自分がとり立てて清廉潔白な人間であるとは思っていない。それでも汚職などに手を染めないのには二つ理由がある。

一つは自分たちの世界はやっと安定し、希望が持てるようになったものの、俯瞰して見れば絶対的な貧しさがある。腐敗や汚職が幅を効かせるほど豊かではないし、何某《なにがし》かの金銭を提供できる人間も少なければ、それを受け取ったとしても提供できる見返りなどほとんどない。

もちろん物質的な豊かさは確実に向上しているが、それは山岡が物資を頭割りで村人らに提供するからだ。それ以前のスペクトラム・タクティクス社の利権構造から生まれた極端な富の偏在が、多くの人間を極貧状態に置いていたので、単純な物資の頭割りでも人々は豊かさを実感できた。ただその豊かさとは、飢えに苦しむ人に、日に三度のパンを保証するレベルのものだ。汚職の生まれようがない。

二つ目の理由は、ボカサはこの世界で山岡の側近として権力を握っているように見えるものの、その権力の危うさを自覚していたためだ。他の人間よりは山岡と話が通じているのは事実だが、それとて相対的なものに過ぎない。じっさいのところ山岡が何を考えているか、より正確にはどんな思考回路を持っているのか、ボカサにもいまだにわからない。

明らかなのは、山岡が不要あるいは有害と判断した相手は、躊躇《ためら》うことなくチューバーに首を刎ねさせることだ。ただ万人の首を刎ねるわけではなく、山岡なりの判断基準があるらしい。しかし、ボカサにはそれはわからない。一つ明らかなのは、山岡は側近だから特別扱いするわけではなかった。他の鉱山では側近がいきなり首を刎ねられ、別の鉱山から人が選ばれたという話をアナイスから聞いている。

だから汚職などの行為により、突然自分の首が刎ねられるリスクを考えたなら、ここは清廉潔白を旨とするのが一番なのだ。それとてボカサの憶測には過ぎないが、いまのところその方向性は間違っていないようだった。

こうした中にあって例外的な存在がアナイスだった。彼女はボカサのいる金鉱山ではなく、一〇〇キロ以上離れたコバルト鉱山で働いていた。鉱夫ではなく、鉱山利権の経理部門に就いていたようだが、スペクトラム・タクティクス社を蛇蝎《だかつ》の如く嫌っており、その社員ではなかったと本人は言うのだが、それ以上のことは語ろうとしない。

ともかくアナイスは紆余曲折の末に、コバルト鉱山に進駐した山岡とコミュニケーションが取れる唯一の人間となり、そして権力を掌握した。その流れはボカサと同様だ。

ボカサと同じような立場にいる人間は、アナイスによれば七、八人程度とのことだが、ボカサが知っているのはアナイスだけだ。彼女は鉱山利権に精通しているため、外の世界との貿易担当を委ねられている。だからあちこちの鉱山を移動しており、自分と同様の立場の人間を知っているわけだ。対してボカサや他の同じ立場の者たちは基本的に鉱山から動かないので、他の鉱山の指導者を知らないわけである。

ただ、山岡の集団は面識のない他の鉱山管理者のことをわかっているらしい。ボカサにとって山岡は謎のままだが、どうも山岡集団の中で記憶の共有のようなことが起きているとしか思えなかった。あるいはそもそも山岡集団は肉体こそ複数あるが、一つの意識で動いているのか？　それもまた人間というより憑依した悪霊のようなものではないのか。

だがボカサは思うのだ。話の通じる悪霊は、通じない人間より善良だと。

「理屈の上では鑿岩機の性能向上で生産量は増えるように見える。しかし、金などの鉱石の生産量を最終的に左右するのは金鉱脈の濃度だ。そして金の含有量が多い鉱脈に移動するためには、その方向に掘削を進める必要がある。

したがって現状は生産量が頭打ちに見えるが、将来的には増大に転じる。現在の計画では増加に転じるのは概《おおむ》ね一ヶ月後である」

ボカサは山岡に必要情報だけを伝える。他の人間には、こうしたボカサの態度は山岡やチューバーを恐れない傑物に見えるらしい。だが真実は、山岡にはこうした事務的で簡潔な言葉しか正確には通じないという事情がある。

「鑿岩機の性能向上で、含有量の多い鉱脈により迅速に移動できるのではないか？」

山岡は鑿岩機の性能向上にこだわりがあるようだった。無論それを額面通りには受け取れない。

「機械を改良するだけの機材も人材もいない。現在の鑿岩機を使い続けるよりない」

ボカサの返答に山岡は動きを止めた。言葉を理解しようとしている時にこういう態度になる。この辺りも、山岡が人間に似ている別の何かと思うところだ。

「了解した」

しばらくの沈黙ののちに山岡はそう言うと、アナイスにも語彙の少ない指示を出し、再びピックアップトラックで別の村の方に向かって行った。

「いつまでこの状態が続くんでしょうね」

ボカサとともにアナイスも山岡のピックアップを見送る。

「長くは続かないだろう。ロシアなりフランスなり、利害関係のある外国軍が現状を放置するわけがない。それは私より君の方が精通しているだろう」

「あちこちで、当面の在庫を安いうちに確保しようという動きがあります。供給途絶に備えているようです。特にロシアルートがきな臭い。我々も身の振り方を考えた方がいいでしょうね」

アナイスはボカサの予測を否定しなかった。

二〇三X年七月一二日・アフリカ中央部

島崎一等陸佐の第一特別機動偵察小隊は、補給支援を受けているフランス軍の拠点から、必要な物資を受け取ると、任務に出動した。フランス軍の担当者によると、何者か（おそらくはロシア軍）の通信妨害が行われている関係で、ＩＤＳＰとの接続が地域によって不能になるという。

どうもこのことは現地では比較的知られていたらしい。ただ事実関係について不明点も多いために公式の情報としては上がってこなかったようだった。確かに平和維持軍の中にはロシア軍も参加しており、公然と話題にするのは難しいだろう。

通信妨害については状況が変わったらしく、やっとフランス軍の拠点に依存せずに自分たちの八輪装甲車で本国と連絡できるようになった。そこで島崎は大垣裕曹長の殉職についての詳細情報を改めて報告することができた。

それが陸幕なのか外務省なのかははっきりしないが、本国では擱座《かくざ》したＴ34戦車について強い関心を示したものの、島崎に対しては特にその件で命令は出されなかった。調査については専門家チームを出すようだった。

それよりも別件で出された命令の方が剣呑《けんのん》だった。

「統合幕僚長指令　第三四八号」は、前文として「軌道上における特異的事例に関する特別立法並びに国連平和維持活動に関する修正第七二条に基づき、以下のように指令する」とあった。ここまでは定型文のようなものだ。島崎に対する命令者は法的には統合幕僚長であるし、そこからの指令の法的根拠はこれらの法規だ。

「付属文書の地域に、オビックが外部と接触を持っている飛行場があるとの情報の真偽を確認し、可能であれば山岡と名乗る人物の正体を確認せよ。作戦遂行に必要と判断されたなら武器の使用を認める」

付属文書によると、オビックが占領した四つの鉱山の生産物は、どのようなルートか不明だが、国連平和維持軍の包囲と監視を突破して外部に流れているらしい。それには輸送機が使われているらしく、その発着場所を確認しろということらしい。そこは秘密基地だから山岡も高い確率でいるはずだということのようだ。

オビックの占領地から金塊が流れているらしいという話は、島崎もフランス軍の情報将校から耳にしていた。

この地域の金の密貿易に関しては、ロシアに対する貿易制裁の関係で、いくつかの国により監視されていた。通常は金塊にX線を照射して、蛍光分析などにより含まれる微量元素を分析する。この元素の組成は鉱山ごとに違うので、その金塊の産地を特定できるのだ。

ところがこの一ヶ月たらずの間に産地が特定できない金塊が市場に現れているという。特定できない理由は、微量元素が検出できないこと、つまりほぼ完全な金元素の塊であることを意味する。通常の市場価格で、そのような桁外れの純度の金塊は取引されない。つまり産地が特定できないほどの純度の金塊は、オビックの技術が疑われるわけだ。

じじつオビック侵攻前には確認されていた問題の金鉱山からの金塊が市場から消滅し、それを埋めるように純粋な金塊が登場したのだという。

ロシアに対する経済制裁の中で、この金鉱山の金の密貿易が、なぜ監視されながらも停止に至らなかったのかは島崎にはわからない。ただわかるのはオビックがこの地域の人間と協力して、ロシアが作り上げた密貿易ルートを活用し、必要な物資を確保しているらしいということだ。

指令にはこのことについては一言も触れていないが、文面だけでは不自然なものも、そうした背景を知れば腑に落ちる。

付属文書によると、フランス軍のドローンからデータ支援が行われる可能性があるらしい。指令にしては曖昧な表現なのは、友好国といえども外国軍であるためらしい。それに

ＩＤＳＰの妨害電波が出ているという状況では、フランス軍もドローンによる支援に確たることはいえないだろう。

一応、島崎の小隊もドローンは保有し、八輪装甲車に載せてはいるが、機械的な故障で使用不能だ。簡単な部品交換で修理は可能だが、自衛隊の独自規格のものもあり、補給が届くまでは使えないドローンを抱えての移動となる。さすがに機密の塊であるドローンを外国の拠点に放置できない。

もちろんフランス軍の拠点に支援部隊が待機していてくれるなら、置いて行ってもいいだろう。しかし実際は、フランス軍との連絡や経理担当の事務方二名だけだ。しかもこの二名にしても階級は二等陸尉なのであるが、じっさいは防衛省の短期現役幹部制度により事務方の仕事に就いているに過ぎない。

短期現役幹部制度とは、経理とか通訳とか限られた職域について、その資格を持つ民間人を一時的に防衛省幹部にするという制度だ。基本、事務方作業のために雇用したもので、部隊を指揮する権利はない。ただ対外的な折衝のために、二等陸尉の階級は与えられている。

島崎のところの二名も、商社で長らく働いていたところ、定年再雇用先として会社から紹介されたのだという。確かに仕事は満足できる水準でこなしてくれるが、自分らの任務について相談できる相手ではない。

もっとも、だから役に立たないというのも言い過ぎだった。二人とも商社時代に何度もこの辺りの地域を訪れ、それなりの知識もあった。だからこそ短期現役に選ばれたのだろう。

「小隊長、この装甲車はNBC防御（核・生物・化学兵器への防御）できるんですよね」

冴島《さえじま》という年長の方が珍しくも、そう話しかけてきたのは、出動する直前だった。

「できますよ、いまどきの装甲車はみんなそうです」

階級は冴島の方が下だが、一〇歳は上なので、ついつい島崎も敬語になる。現実の前に階級も文化もあったもんじゃない。

親切のつもりか、冴島はこうも言った。

「あんまりここの基地から遠くには行かん方がいいみたいですよ」

「どういうことです？」

「オビック占領地の金やコバルトが、ロシアの密輸ルートを通じて国際市場で取引されているって話があるんです。これが国連の一部で問題になり、ロシアを常任理事国から外すという例の議論が蒸し返されて、かなり険悪な状況らしいんですよ。この基地にしてもロシア軍は今朝から立ち入り禁止ですよ」

「どこからそんな情報を？」

冴島は、それについては噂ですとしか言わない。

「そのうちＩＤＳＰで小隊長に何か指令が出ると思いますよ。早期撤退とか何か。ともかく剣呑な空気になっているみたいです」

冴島は商社マン時代に地政学リスク案件を専門に扱い、サプライチェーンの安定に尽力してきた経験があるという。ただ具体的な話は聞いたことがない。

「まぁ、用心に越したことはない」

そう言いながら、冴島は白いマジックペンで装甲車の前部に「福」の字を逆さまに描き始めた。

「中華料理屋じゃないんだよ、装甲車は」

「福を呼ぶ呪《まじな》いですよ。大丈夫、この塗料は電波は反射しませんから。ともかく人間最後は運です」

どう解釈していいかわからない話をして、冴島は同僚に呼ばれて拠点の事務所に戻った。

こうして島崎の第一特別機動偵察小隊は指定された領域に向かった。地形データを元に相手に発見されにくいルートを算定し、それに従って車両を進ませる。時々、車載の小型ドローンを上げて周辺の状況を偵察する。赤外線源などから潜んでいる人間の有無を探し出すのが主たる目的で、センサーや画像解析ユニットもそうした用途に特化している。

しかし、伏兵はおらず、そもそも人の姿が少ない。ただ時々、首を切断された腐乱死体をドローンが報告することはある。オビックが首を刎ねるような恐怖政治で地域を支配しているとの噂は本当なのだろう。

発見されないように前進する中で、島崎の指揮車搭載の小型ドローンも僚車のそれも故障して動かなくなった。もともと消耗品なのを騙し騙し再充電して使っていたのだが、さすがに日本とは異なる自然環境のためにバッテリーの劣化が進んでしまったのだろう。冴島は幸運の呪いを描いてくれたが、どうも自分には運というものがないらしい。

ただドローンは最後の飛行で、多数の車両が比較的最近になって通過したらしい跡を草原の中に発見していた。そしてその轍《わだち》の進行方向は、問題の飛行場に向かっていた。

「これか、冴島のいう運ってのは？」

それが何かの兆しなのは間違いないとしても、運には幸運もあれば不運もある。そしてここしばらく幸運に見放されているというのが島崎の認識だった。

とはいえ任務は無視できない。前進するしかないのだ。ドローンが使えず、いまのところフランス軍のドローンからの映像も入ってこない。島崎が当地に派遣されてから、各国の装甲車両が破壊された事例はいくつかあるが、一つ共通しているのは、この領域ではミサイルよりも簡便な武器であるＩＥＤ（Improvised Explosive Device：簡易な手製爆弾）による攻撃だけはなかった。

理由はよくわからないが、チューバーが武装勢力を支配しているという情報があることを考えると、単にＩＥＤを知らないだけかもしれなかった。

それでも島崎の部隊の装甲車には複数のカメラが装着され、周辺の景色からＩＥＤが仕掛けられている場所などを確率的に割り出す機能があった。イメージデータから非自然なパターンを見つけるのだという。ただ島崎は早々にその機能を止めていた。

自衛隊車両なので、日本列島の景観データベースは豊富なものの、それに特化しすぎていた。一方で、システムはアフリカ中央部の自然の景観パターンのデータに乏しく、誤認識が多い。この土地ではごく普通の景観でも、異変があると報告してくるのである。

だが島崎もこの時ばかりは、画像警戒システムを再稼働させた。異変がないのに報告されたら手間が増える程度のことだが、異変があって通知されないなら命に関わる。そうでなくてもすでに部下を一人、不本意な形で失っているのだ。

予想外だったのは、ＡＩは思ったほど脅威を通知しなかった。どうやら自動的に、日本の自然環境データベースを基準にしつつも、アフリカの環境に合わせた修正を行なっていたようだ。それは想定されていた機能なのか、予想外の機能なのかわからなかったが、少しだけ自分の幸運を信じられる気がした。

そうした中で、画像警戒システムは何度か遠方に人がいることを通知してきた。画像から、爆発物は投げても届かないし、携行式対戦車兵器はもちろん、小銃さえ所持していないと思われた。ただ地形図と参照すると、車両の通過を監視できる位置にそうした人影が認められた。これはいままでになかった動きだったが、理には適《かな》っている。

島崎は各車に警戒するよう命じたが、できることは限られている。さすがに六両の装甲車が一直線に並ぶような機動はせず、散開してＩＤＳＰで、個々の車両のデータから統一的な領域データを共有するようにはしている。

これが演習なら及第点の采配だが、現状での効果は疑問だった。主目的が偵察とはいえ部隊に火力らしい火力はない。車載の機関銃と隊員の持つ小銃だけだ。擲弾筒《てきだんとう》さえない。だからミサイル攻撃を受けたなら、逃げるしかない。自分たちの小隊では、大型ドローンこそ最大の武器というのは比喩的な表現ではなく事実なのだ。

近くの集落の人間なのか、山岡の手のものかはわからないが、人影は増え続け、後ろにも現れた。相変わらず武装はしていないようだが、包囲されたのは事実だ。自分たちの正確な座標は計測できるだろうから、目の前の人間たちが非武装でも、後方にも仲間がいてそこからミサイルなり重砲攻撃を受ければ助からない状況だ。

「小隊長、何か接近してきます」

「バイクか」

モニターの映像を拡大すると、オートバイに乗った二人の人間が接近してくる。後ろに乗っている方は腕を上に向けて武装していないことを示している。白旗は持っていないが、いわゆる軍使の類だろうと島崎は判断した。

二人は迷彩服を着用していたが、ロシア軍のものでもフランス軍のものでもなく、もちろん自衛隊のものでもない。そもそもカメラからの画像では、ほとんど迷彩効果はない。布質も染料もそれっぽいだけで、完全な紛《まが》い物だ。

島崎は散開した状態のまま、部隊を停止させる。ＩＤＳＰで情報共有できているとはいえ、すべての情報が日本にそのまま送られているわけではない。そんなことをすれば司令部は大量の情報で麻痺状態になるだろう。

それに最前線の部隊と直接結ばれたことで、最高司令部が現場の小隊や分隊の作戦に横槍を入れるような弊害は、それこそインターネットが開放される前、ベトナム戦争の頃から指摘されていた。

そんなことが起こらないように軍事組織は階層化されているのだ。そしてＩＤＳＰもそうした階層構造に対応したシステムだ。

現状は小隊内の階層だけの情報共有しかできていない。島崎の装甲車は日本にある直属の本部にデータを送ることが可能で、万が一の場合にはそのつもりだが、現状はそこは閉じている。特に命令されていない限り、映像データなどは編集された上で、報告書とともに司令部に上げられるのが原則だ。

だから戦闘となったら、どれでもいいから装甲車が最低一両は生還する必要があった。それとて心許《こころもと》ないし、もっとましな部隊編成にしたかったが、島崎にその権限はなく、何より時間がなかったのだ。となればできる範囲で最善を尽くすよりない。全装甲車に司令部への直接報告を可能とするような通信装置を装備することは、予算と時間の制約からできなかったのだ。

幸いにも包囲している側は、戦術的に適切な教育は受けていないようで、人員の配置には色々と不備な点があった。彼らの包囲の対象は小隊ではなく、島崎車だけらしい。それもあって指揮車搭載の戦術ＡＩは、小隊の各車両に対して地形を利用した最適な避難ルートを提示していた。

確かに指揮車になりそうな八輪装甲車は二両しかなく、様々なオプションが搭載されているのは島崎車だけだ。どこに小隊長が乗っているかを判断するのは容易だろう。そんなことを考えると、島崎は急に自分がすごく馬鹿に思えてくる。

バイクはあまり警戒している様子はなく、そのまま小隊の指揮車の前に停まった。

バイクには既視感があった。息子に買ってやったカワサキのバイクと同じものだ。ただ息子よりも大事に乗っているらしいのは、島崎にもすぐわかった。

「指揮官は誰ですか？」

バイクの後席の若者が、女性の声の日本語で呼びかけてきた。もちろん日本語が話せるのではなく、スマホの自動翻訳だ。よく見れば、それは衛星インターネットと接続するタイプのスマホだった。地上の通信インフラの整備が不十分な地域では比較的ありふれたものだ。オビックの支配地域では通常の携帯電話は周辺国による通信回線の遮断で使用不能だが、このタイプは低軌道通信衛星を用いるので使えるのだ。それは島崎も知識として知っていたが、思っていた以上に普及しているようだ。

若者はあまり流暢《りゅうちょう》ではないフランス語で話しているようだ。どうして現地の言葉を使わないのかと思ったが、そもそも島崎は彼らの母語がわからない。島崎の言語理解の程度は若者も予想しているのだろう。スマホの翻訳機能を使いたくても、相手の言語が未知なら設定もできない。要するに彼がフランス語を使うのは、島崎に日本語・フランス語の設定にしろと促しているわけだ。

「私が指揮官だ」

　島崎は日本語で返答する。彼もスマホの自動翻訳が使えるならそうしたいところだ。若者もそれを期待したのだろう。だが自衛隊は任務でそんなものは持参しないから、翻訳については若者のスマホの性能頼みだ。じじつ島崎がスマホを取り出さなかったので、若者はフランス語ではなく、自分たちの言葉で話し始めた。

「我々のリーダーが面会を求めています。同行してください」

　スマホからそうした返答がきた。スマホの日本語は穏やかだが、その意味するところは「招待します」から「連行する」までいくつも考えられる。

「面会を求めているのは私だけか？」

「指揮官が一人でいらっしゃれば十分です」

　いまひとつ微妙なニュアンスが伝わってこないが、ともかく島崎だけ来いと要求しているのはわかった。

「私および部下の安全を保証するか？」

「ここは安全な土地であることを保証します」

　やはり微妙に意図が伝わっていない。しかし、小隊長としてここで諦めるわけにはいかない。

「君たちが、この車両や車両の乗員に危害を加えないことを保証するか？　保証されない場合には、君たちに同行はできない」

　相手側のスマホは長い翻訳をしているような気がした。でも、実際は十数秒に過ぎない。

「私たちが指示されているのは、指揮官を安全に私たちのリーダーのもとに送り届けることだけです。他の方々との接触は、許されても、指示されてもいません」

　それもまた島崎が望んでいた形の返答ではなかったが、それでも意味は理解できたし、内容についても飲めるものだった。

　島崎は中継用のカメラを迷彩服の肩口に装着し、指揮車との回線を開いた。映像は小隊内の装甲車で共有される。万が一の時にはそれらの装甲車が情報を抱えて拠点に戻ることになる。それを踏まえて車両の配置も変更する。残念ながら、小隊用の通信装置は交信範囲が限られているので、装甲車は固まっている必要があったが、それを可能な限り散開させたのだ。

「このバイクに乗ってください」

　先ほどの若者がオートバイから降りると、島崎に後ろに乗るよう促す。もっとましな迎えもあるだろうと思ったが、それを現場の彼らにいっても始まらない。

「どれくらいかかる？」

　島崎は思わず日本語で尋ねたが、先ほどの若者は両手を使って指で七を示す。とはいえそれが七分なのか、七キロなのか、七マイルなのかはわからない。しかし、それほどの距離ではなさそうだ。

そうして大地を七マイル（約一一キロ）ほど移動した。荒野が続いていると思ったが、ラスト一マイルで突如として耕されたばかりの畑作地帯に出る。その真ん中に十数世帯の集落がある。オートバイはそのまま集落まで移動した。

島崎の記憶でも、確かにこの辺りを耕作している動きはあったが、集落はなかった。状況はすぐにわかった。建物のすべてが輸送用のコンテナだった。しかも車輪がついていて、簡単に移動可能なようだ。装甲車の画像解析で、多数の車両の通過した跡とはこれだったのか。

オートバイの運転手が、あるコンテナの前で停車すると、島崎にここだと指で示し、自分はどこかに走り去った。そしてコンテナから年齢のわからない男性と女性が現れた。男の方は作業服のようなものを着ていたが、女の方は場違いに見える、ビジネス用のスーツを着用している。

「私はボカサといいます。あなたが日本軍の指揮官ですか？」

男が持っていたスマホで、そう尋ねてきた。

「そういう立場であると認識して構わない」

ボカサは隣の女性がアナイスという名前であると告げると、コンテナ製の事務所に島崎を案内した。ボカサがリーダーと紹介されたが、室内はマンション工事現場の事務所といった実用一点張りのもので、壁に四つの鉱山を中心としたアフリカ中央部の地図があり、そこからスーダンやその他の周辺地域へ青い矢印が伸びている。

自分たちのいる金鉱山近くでは、矢印はまずスーダンに至り、そこからUAEに伸び、ロシアや東欧経由でドイツやフランスに分岐し、伸びていた。地図には何も書いていないが、これがこの金鉱山の密輸ルートだろう。オビックがこうした密輸ルートを利用しているとしたら、NATOが簡単に動けないのもわかる気がした。

「あなたが指揮官であるならば、私たちの亡命を受け入れることは可能ですか？」

スマホの口調は穏やかながら、ボカサはいきなり重い話を振ってきた。

「なぜ、亡命が必要だとあなたたちは考えるのですか？」

無難な質問をしながら島崎は頭の中で回答を考える。自分に与えられた任務と権限の中に、亡命を受け入れるという選択肢は含まれていない。そもそもその判断について自分には認められていないのだ。

ただオビックの攻撃から現地の人間を保護することは許されていた。「現地人保護」の解釈の中で、ボカサとアナイスの身柄を保護し、彼らを外務省の然るべき部局に預ける。

おそらくそれが最善の策だろう。

「この世界は、遅かれ早かれ戦場になります。なので私たちは他の土地への亡命を望みます」

スマホは何の感情も交えないまま、そう返答した。さらにアナイスのスマホも続く。

「私たちはここで責任ある立場にあります。だから山岡氏の行動について多くの情報を持っています。亡命を認めていただけるなら、そうした情報を提供できることでしょう」

いまどきの翻訳機能にしては日本語としてこなれていないのは、彼らなりにオビックについてかなり微妙な表現をしているため、翻訳ＡＩがその微妙な部分を推測し、最大公約数的に丸めてしまったのだろう。

二人が馴染みのない日本の自衛隊に亡命を申し出たのは、消去法だろうと島崎は考えた。つまり近くで他に亡命できそうな軍事拠点はロシア軍とフランス軍だが、前者はオビックが来るまでの収奪者、後者は植民地宗主国だったかつての収奪者。信用度が明らかにマイナスの相手よりも、未知数の相手の方がまだ期待値は大きいということだろう。

それはわかるが、やはり島崎は確認しなければならないことがある。

「この世界が戦場になるというのは、どういう根拠なのか？　そもそも世界とは地球のことか？」

世界の意味の確認は重要だ。それが文字通りの地球全域を意味するのか、それともオビックが占領しているこの領域なのか。それで意味はまるで違う。

島崎の言葉をスマホが翻訳するとボカサとアナイスは何かを議論し始め、そしてアナイスが説明する。

「世界とは地球ではなく、私たちの世界のことです。情報の出所は明かせません。ロシア軍を中心として、この世界を包囲している軍隊が大規模攻勢を準備している兆候がありま す。そうした軍隊は私たちに危害を加える可能性が高い。だから亡命を希望します」

島崎は冴島の発言を思い出した。かつてアフリカ中央部を担当していた彼の人脈からも、大規模な武力行使の動きが見えるようだ。冴島は曖昧な警告をするだけで、あとは装甲車に福の字を逆さまに描いてくれただけだが、彼なりに危険は察知しているのだろう。

ただ具体的にどんな動きがあるのかを彼は口にしなかった。短期現役の自衛隊幹部が何を言ったところで、状況は変えられないと諦観しているためかもしれない。彼にはそんなところがある。

「君たち二人を保護することは小職の権限内にある。しかし、情報と引き換えというのであれば、当方にもそれを確認する義務が生じる。君たちがこの世界で重要な役割を担っていることを証明して欲しい。

具体的には山岡に会いたい。対面の機会を設けてくれるなら、君らの保護を約束しよう」

島崎は苦い思いを隠しつつ、亡命という言葉を使わずに、あくまでも保護という言葉で押し通す。現実に彼の責任で可能なのは保護までであるし、嘘は言っていない。しかし、翻訳アプリ経由なのをよいことに、相手が誤解することを承知の上で交渉を進める自分に不愉快な感情を覚えていた。

ボカサとアナイスは短く言葉を交わし、アナイスがスマホでどこかに連絡を入れる。どうも山岡の所在を確認しているようだ。山岡が常に移動しており、その彼にいつでも連絡が取れるのは、二人が言うようにやはり特別な立場にいるのか。ドローンからのミサイル攻撃でテロ組織の領袖《りょうしゅう》が殺害されるのも当たり前の世界では、それは暗殺に備えた合理的な対処法だろう。

「山岡はいま鉱山にいます。そして飛行機でここにやってきます。それまでお待ちください」

アナイスがそうスマホ経由で告げた。島崎はふと思った。彼の知る限り、山岡は英語もろくに話せない男だった。それがボカサたちとどうやって意思の疎通をしてきたのか？　組織を動かす司令塔役がスマホの翻訳機能に全面依存ではまともな管理はできないだろう。

山岡が日本語で話して、ボカサたちがスマホで翻訳するというのも、しっくりこない。そもそも山岡はどうやってこの地域の支配権を確保したのだ？

世間話で時間を潰すこともできないまま、島崎は本隊と通信を試みる。特に通信妨害もなく、指揮車との回線は開いた。ここまでの会話や移動、現在位置まですべて把握できているという。小隊も監視は続けられているらしいものの、確認できる範囲で包囲している人間の数は四分の一以下に減っていた。概ね好意的な反応と解釈できるだろう。

島崎がここまできて不審なことは二つあった。一つはチューバーの姿がまったく見られないこと。もっともこれは領域の広さの関係で、単にチューバーの数が少ないということで説明はつく。

それよりも不可解なもう一つの疑問は、島崎はシグ・ザウエル（SIG SAUER）の拳銃を携行していたが、オートバイの若者はもちろん、ボカサたちさえそれに無関心に見えたことだ。

いくら何でも拳銃の携行を見逃すとは思えないし、これから山岡に会うかもしれないというのに、そんな人間が拳銃を所持していることに無関心というのは信じ難い。しかし、ボカサたちは島崎の拳銃など気にしていないようだった。

「やってきたようです」

ボカサが言う。確かに甲高い音がどこからともなく聞こえてくる。三人がコンテナの外に出ると、布の上をアイロンが走るように、底面から陽炎《かげろう》を作りながら飛行機が飛んできた。印象としては航空宇宙自衛隊のC2輸送機より一回り小さいが、アイロンのような形状は、貨物室が大きく、輸送能力は同程度と思われた。

機体の表面には金属製のパイプのようなものが貼り付いているように見えたが、それが意味するところは島崎にもわからない。帰属を示すマークの類は何もない。

飛行機は耕された土地を避けるように、何もない空き地に着陸した。そして機体後部の貨物室の扉が開き、迷彩服を真似たような作業着姿の山岡が現れる。

「あなたは確か島崎恒雄一等陸佐だったはずだ」

山岡は島崎を見て、抑揚のない声でそう言った。

5　原潜サンフランシスコ

二〇三X年七月一二日・SSN810サンフランシスコ

「艦長、結果が出ました」

甲板士官（OOD）のマーク・ジョーンズが、発令所前方の右舷通路側にあるソナー室の分析結果を艦長の専用コンソールに表示させる。

「ありがとう」

ケイト・マルグルー艦長は、そうマークに告げる。じっさい過渡期なのだと彼女は思った。冷戦終結後のコスト削減を念頭に設計されたバージニア級攻撃型原潜は、モジュール構造により新機軸を導入し、艦の性能向上をはかり続けることができた。

ただその結果、艦によっては新旧の機構が混在し、効率化に徹しきれない部分も現れていた。いまの状況がそうだ。

彼らはアフリカに向かうロシア原潜の追跡を命じられた。相手が気づかないうちに、その存在を捕捉し、ソナー室のシステムがＡＩの力を借りて分析する。

だったら結果は直《じか》に艦長のコンソールに表示される方が効率的だが、現実はそうはいかない。標的艦をソナー室が発見したら、それは甲板士官に報告され、甲板士官が分析を命じ、その結果はソナー室から甲板士官に報告され、そこからやっと艦長である自分の元に届くのだ。

昔の潜水艦、つまりほとんどの作業を人間が行わねばならない時代には、艦長の負荷を下げるために、タスクの分散化は不可欠だった。しかし、今日《こんにち》のＡＩ技術の進歩を考えれば、人間による分散を減らし、システム経由で艦長がすべての情報を把握できるようにした方が効率的だろう。

だが、原子力潜水艦といえども海軍の一部であり、艦内編成や部署や乗員配置には法的な根拠がある。徹底した機械化を行えば甲板士官など省略できると思うのだが、こうした意見は海軍という組織的慣性の大きな機関では通用するとは限らない。むしろ攻撃型原潜の艦長が女性であるだけでも大きな進歩というべきかもしれない。

もっともこんなことを考えるのは、自分が海軍士官としてスタンフォードでＡＩの研究などをしていた経歴による、バイアスという自覚はある。あの頃は大沼博子という、SFばかり読む少しばかりクレイジーな博士が指導教官だったが、教官というより戦友として学んでいた気がする。

どんな話題もSF小説に結びつけようとするのは鬱陶《うっとう》しかったが、AIについては言うに及ばず、社会や家庭のことなどを語り合った仲だった。NASAの宇宙飛行士募集に海軍士官として応募したのも、大沼の影響だったかもしれない。

もっとも宇宙飛行士の訓練は先々月末で中断し、再訓練ののちにSSN810サンフランシスコの艦長職の辞令が出た。オビックの脅威がある中で、原子力潜水艦は人類の最終防衛線となるだろう。そうしたときに宇宙にも詳しい海軍士官が原潜に必要というわけだ。

「マーク、我々が追跡しているのはロシア海軍のヤーセン型原潜なのはいいとしても、カリーニングラードと艦名まで特定できるのはなぜ？」

それは甲板士官に対する試験のようなものだ。ケイト艦長はもちろんその理由を知っているが、自身の甲板士官が知っているかどうかは、彼の技量を測る重要な指標だ。それは彼も承知しているのか、やや過剰なほどの返答をしてきた。

「ここ一〇年ほどのロシアの軍需産業の水準低下は顕著です。カリーニングラードはヤーセン型原潜の最新鋭艦ですが、建造現場の技量低下がもっとも色濃い潜水艦でもあります。

静音性は初期ロットのものよりも二〇パーセントは低下しており、ヤーセン型であることを特定するのは音紋から難しくありませんでした。

さらにカリーニングラードは、減速ギアの歯車の加工精度が低く、傷がついています。このため雑音が周期的に発生し、なおかつ一定の割合で、歯車同士の傷と傷が接触し、大きなノイズを発します。これらのノイズパターンから同艦であることが確認できました」

「ありがとう。艦長として、あなたの態度に満足です」

甲板士官が信頼できるなら、艦長は本来の仕事に専念できる。そしてケイト艦長はいままでのサンフランシスコの航跡を、発令所の艦長席前にあるコンソールに表示させる。

アメリカにせよロシアにせよ、戦略原潜の航路は比較的限られている。水中を安心して三〇ノット以上の速力で移動しながら発見されにくいとなると、然るべき水深が必要だからだ。戦略原潜は抑止力として、敵の核攻撃にも生きながらえる必要があるから、そのためにも深く静かに潜らねばならない。

しかし、問題の原潜カリーニングラードは違った。多数の巡航ミサイルを発射できるこの潜水艦は、通常のパトロール海域を外れ、インド洋からアフリカに向かっていた。ただアフリカに向かっているだけならまだよかった。その時期は撃墜されたはずのオビックの宇宙船がアフリカに不時着し、中央部の鉱山などを占領しているとの報告がなされた時期に他ならない。

アフリカ中央部の占領された鉱山は、ロシアが民間軍事会社を利用して、その利権を独占していたもので、ほぼ植民地化されていたようなものだった。ここを失うことは国連などから経済制裁を受けているロシアにとって大きな痛手となる。

もっとも考えられる想定は、原潜カリーニングラードが水中からオビックの占領地に巡航ミサイルを撃ち込むなどして、その拠点を奇襲し、破壊する。その混乱に乗じて国境に集結しているスペクトラム・タクティクス社の部隊が、占領された鉱山を奪還するというものだった。

ロシアの選択肢は限られているというのが合衆国政府の分析だった。戦争によりロシア正規軍の人員の消耗ぶりは深刻であり、アフリカ方面で大規模な軍事作戦を起こす能力はないというのがペンタゴンや国務省の一致した意見であり、海外の研究機関も同じであった。ロシア政府の内部文書でさえ、その結論なのだから、これは間違いないだろう。

人材不足という問題はスペクトラム・タクティクス社のような民間軍事会社も同様だが、彼らはシリアやベラルーシなどから傭兵を募ることができた。自国民を徴兵する正規軍よりも即戦力が期待できたのだ。傭兵なら訓練済みの兵士を雇うことができる。

もっとも現実はそう上手くもいかなかった。ロシアと国境を接する周辺国では程度の差こそあれ、ロシア政府の支援を受けたロシア系の民族主義者が分離独立運動を進めていた。本来なら、そうした運動がロシアの拡張主義の重要な戦力となるはずだった。

しかし、正規軍の深刻な疲弊のため、スペクトラム・タクティクス社などは、そうした周辺国の民族主義者を傭兵として集めざるを得なくなっていた。結果として民間軍事会社の戦力は増大するものの、分離独立派の勢力は人材不足から急速に衰えるという現象が起きていた。

さらにロシアの友好国を中心に人材を徴募した結果、部隊内で複数の言語が使用されるという事態も起きていた。人数確保のためには、多言語については無視するしかなかったが、おかげで部隊のパフォーマンスは大幅に低下することとなった。

もちろんロシアとて、アフリカ中央部の限られた領域といえどもオビックに占領されているという事実は、人類として看過できないのは当然だろう。それもあって、占領された鉱山の早期奪還が焦眉《しょうび》の急だったのだ。

一方で、この地域の早期奪還にフランスを含む西側諸国は、そこまでの焦りを感じていなかった。オビックの直接侵攻を撃退できたことが、彼らに精神的なゆとりを与えたという事実は間違いない。

同時に自国防衛を優先する中で、アフリカ中央部に大規模部隊を送り出すことには、多くの国々が慎重だった。自国を守るための貴重な戦力を、アフリカで浪費するわけにはいかないからだ。

さらにオビックはスペクトラム・タクティクス社などが管理していた四つの鉱山こそ占領しているものの、大規模な基地建設も確認されておらず、支配地域も拡大していない。しかも、金などの生産物は密輸ルートを用いて、国際市場に流れていた。つまり鉱物資源がオビックの戦力強化に寄与しているわけでもなかった。この状態がいつまで続くかわからないが、オビックも大打撃を受けたばかりであり、当面は小康状態が続くだろうと多くの政府が考えていた。

このこともいわゆる西側諸国が動かない理由の一つである。公式にそうした見解を述べた指導者はいないが、現状が継続すればするほどロシアの国力は疲弊する。オビックの意図はまったくわからないが、このままいけばオビックがロシア経済の息の根を止めることも十分にありえた。

ただこの分析ゆえに合衆国海軍は、ロシアの原子力潜水艦の動向に注意していた。人類の歴史を見るに、軍事的かつ経済的な危機的状況は国家に投機的な判断を選択させやすい。それが独裁的な権力者の場合、極端な選択を行う可能性はより高くなる。ロシアの場合、実態は不明ながら公式にはプーチン大統領の政権が続いている。そして彼は依然としてロシアの国権を独占している。

じっさいのところウラジーミル・プーチン大統領の生死についてははっきりとわかっていない。ある時期から国民の前には姿を現さなくなり、その姿はTVやネットメディアの中だけでしか見ることはできない。しかし、それなら精密なCGで合成可能であるし、演説などについても生成型AIで本人のように発言させることは造作もない。

ただ合衆国政府内ではこれに関して「エデン仮説」というものが支持されていた。出典はスタニスワフ・レムのSF小説『エデン』である。この小説の中でエデン人社会を支配する権力機構は存在するが、その機構を動かす者たちの正体は隠れている。さらに社会における構成員の選択肢が限られている故に、生存のために環境に適応しようとすることが、権力が望む方向に構成員を動かす動力となっていた。

ロシアもまたプーチン大統領という看板はあるものの、その背後で権力を掌握しているものの姿は隠れている。同時に監視カメラやメディアによるプーチン大統領の過剰なまでの露出は、大統領権力の誇示ではなく、国民の内面に監視を前提とした心理的な抑制機構を植え付ける点に主眼があるという。それが「エデン仮説」である。

とはいえこれも仮説に過ぎず、現実は判然としない。時として「エデン仮説」は、プーチンの背後に隠れる集団指導体制が国内的な既得権益を維持しつつ、西側諸国との融和を模索しているとの結論から、それは分析ではなく、願望であろうとの批判も受けている。

この批判を是とすると、ロシアの権力はやはりプーチン大統領が一人で握っていることになる。そして組織学が教えるところでは、国家の意思決定が組織であれば大きな変動は起こらない反面、独裁者ほど極端から極端に振れるのだ。だからこそ原潜サンフランシスコが原潜カリーニングラードを監視するのである。

「カリーニングラードがオビックを攻撃するとして、どこまで行くでしょう？」

追跡している原潜が深度を上げ始めた時、副長のエリック・チャップマン中佐がケイト艦長に尋ねる。

ケイトと次席指揮官のエリックしか知らないが、必要と判断された場合には、サンフランシスコはカリーニングラードを撃沈することが認められていた。ただ二人とも、この命令は自衛のための自由裁量権として理解していた。

核戦力の柱であるミサイル搭載の戦略原潜なら、ミサイル攻撃の兆候とともに撃沈というのは可能性としてあり得た。しかし、戦略ミサイル原潜とは異なりカリーニングラードのような攻撃型原潜が多少の動きを示したところで、それを根拠に一方的な攻撃はできない。原潜が原潜を攻撃するというのは、戦争を覚悟しなければ簡単にはできないことだ。

「巡航ミサイルをピンポイントで鉱山に送って、施設ごと破壊する。現地ではチューバーによる恐怖政治が行われている。鉱山のチューバーが一掃されたなら、国境周辺の傭兵たちが侵攻するのを阻止する者はいないでしょう。

ただ、ロシアの権益がそのままかどうかはわからない。しかし、彼らにしてみれば奪還後のことはその時に考えればいいということでしょう。ただ」

「ただ、何ですか、艦長」

「原潜カリーニングラードは、我々の追跡を知っているのかどうか」

「それはまずないでしょう。サンフランシスコの静音性を凌ぐ潜水艦は、通常型潜水艦を含めても確認されていません」

エリックはそのことに微塵の疑いも抱いていないようだった。

「それはカリーニングラードの艦長から見ると別の解釈になる。自分たちが追跡されている兆候は認められない。しかし、指揮官として最悪の事態に備えるなら、自分たちは最新鋭のバージニア級原潜の追跡を受けているという前提で行動することになる。

少なくとも、私があの艦の指揮官ならそう考える。ロシアといえどもヤーセン型原潜はおいそれとは建造できない。そうであるなら、もっとも優秀な艦長を乗せるでしょう。艦を失うわけにはいかないから。

だけどカリーニングラードは、追跡されている原潜が取って然るべき行動を取ろうともしない。我々の情報を得るために針路を急変させる、あるいは突如停止するなどだ。しかし、あの潜水艦はただ直線を進むだけだ」

その視点はエリックにはなかったようだ。そうなのかもしれない。彼は優秀な士官だから、経験を積めばいずれ原潜の艦長になれるだろう。しかし、彼にはその経験が足りない。ケイトがNASAの訓練でキャリアが中断しても艦長となれたのは、原潜の士官の一人に過ぎなかった時も、常に艦長ならどうするかを考え続けてきたためだ。艦長となったいま、この考え方はすでに血肉化している。エリックに足りないのは、そうした経験の積み重ねなのだ。

「あの艦長が馬鹿だから……は、あり得ないとして、追跡されているという想定で活動しているにもかかわらず、直線で航行するのは……受けた命令に時間的余裕がなかったため、でしょうか？」

「私もそう考える。カリーニングラードが巡航ミサイルの射点に到達した時、攻撃は開始されるでしょう。一応、司令部にこの分析も報告しましょう。射点に到達するにはまだ時間があるはずだから」

「司令部からは何と言ってくるでしょうか、艦長？」

「何も言ってこないでしょう。我々よりも司令部の方が情報を握っている。カリーニングラードの艦長のプロファイルさえしているかもしれない。我々が行なった程度の分析は済ませているはず。だからこそ、我々に偵察命令が出た」

ケイト艦長はふと思った。原潜の艦長は全員、着任前にプロファイリングが行われる。それで心理的傾向を確認し、適切な人間にだけ辞令がでる。サンフランシスコに命令が降りたのは、カリーニングラードの艦長との駆け引きに有利なプロファイリングだったためかもしれない。そして指導教官の言葉を思い出す。

「君は戦闘的な性格だな」

二〇三X年七月一二日・アフリカ中央部

「私が誰かわかるのか？」

島崎恒雄一等陸佐は、オビックの飛行機から降りてきた山岡宗明二等陸尉に尋ねた。正直、島崎はアフリカ中央部でチューバーを指揮していると言われる山岡なる人物を、オビックのロボットか何かと考えていた。現実的に考えて、兵庫県の山中で死亡した山岡が、アフリカで生きて発見されるなどありえないことだからだ。

だが山岡は島崎を知っていた。しかも、それは忘れていた記憶を思い出したかのような反応であり、それだけに島崎にはリアルに思われた。芝居か何かなら、もっともっともらしい反応をするだろう。

それに仮に山岡がロボットか何かで、すべてが芝居とすれば、オビックは山岡と島崎の関係性まで突き止めていることになる。しかし、島崎が山岡の上官だったことは防衛省でも一部の人間が知るだけで、アフリカ中央部のこの辺りで知っている人間はいない。

そうしたことを考えるなら、目の前の山岡と名乗る人物は、少なくとも記憶の一部については死んだ山岡と共有していることになる。だがそんなことは起こるわけがないのだ。

「伊丹駐屯の第三六普通科連隊の連隊長です」

山岡の発言は正しい。しかし、そのことは島崎に疑問を抱かせた。彼が知る山岡は、こういう言い方をする人物ではなかったからだ。知識として知っている部分と、その知識を言葉にする部分が別人であるかのようだ。

「この人が連隊長なら、連隊規模の日本軍部隊が派遣されているのか？」

ボカサが山岡にフランス語で尋ねた。

「この人は連隊長だが、連隊規模の日本軍部隊を確認したのか？」

「いや、確認はされていない」

「なら連隊規模の部隊は来ていないだろう」

山岡はボカサとフランス語で会話する。彼はフランス語など話せなかったはずなのに。それに日本語でもフランス語でも、彼の言葉は感情が抜け落ちているとしか思えない。カーナビだって、いまはもっと情を感じさせる言い方をするものだ。

「いままでどこにいたんだ？」

それは島崎の率直な疑問だったが、返答は彼が期待しているものとは違っていた。

「金鉱山です」

言うまでもなく、そんな返事は期待していない。しかし、会話としては間違っていない。それだけに島崎はどうやって会話を成立させるか途方に暮れた。それでも訊くべきことは訊かねばならない。

「五月一二日に君は死んでいたはずだが覚えているか？」

島崎は山岡を凝視した。自分の死を山岡はどう解釈したのか？　あるいはこれは山岡に似た別の何かなのか？　それをこの質問で明らかにしようとした。

「五月一二日とはどのような意味か？」

死を解釈するどころではない、会話の壁ははるかに高かった。

「今日はいつだと思う？」

「今日とは何か？」

　それに対してボカサが山岡の耳元で何かを話す。

「七月一二日が今日」

　山岡と、ボカサやアナイスとの補完関係は、こうしたものなのか。どう見ても人間的なつながりではなく、機械同士が足りない部品を融通し合うような関係に見えた。

　それにどうも山岡の時間認識はおかしい。会話が成立しているように思っていたが、それは言葉と言葉の関係性が明確なものだけで、時間のような外の世界を観測しなければならないようなものでは、山岡の認知はひどく自分たちとずれてしまう。そんな印象を島崎は持った。

「お前は死んだのか？」

　島崎は単刀直入に尋ねた。こういう相手にはそれしかない。

「活動している」

「活動しているから、死んではいないというのか？」

「死んだものは活動しない」

　それは論理的な話をしているようで、実は論点をずらしているに過ぎない。「死んだものは活動しない」は現象の話だ。だが島崎が尋ねているのは「山岡に死の認識はあるのか？」という「死の定義」の話だ。目の前の山岡は活動しているかもしれないが、山岡が死んだのもまた紛れもない事実だ。

むしろ島崎は、山岡が「わからない」とか「記憶にない」という返答をしなかったことを重視した。正直、島崎は山岡がそういう返答をするのだと思っていた。だが山岡はそうではなく、現在活動していることを返答とした。

つまり山岡は、自分（という表現が妥当なのかはともかく）の死について、何らかの考えなり、情報を持っているが、それを明示する意思がないのだ。しかし、そうだとして、それは誰の意思なのか？

「山岡は活動を停止したことがあるのか？」

島崎はさらに質問する。

「山岡とは何か？」

「山岡とはって……」

目の前の人物が仮に肉体としては山岡本人だったとしても、山岡の精神は死んでいる。島崎はそう結論した。日本で与えられた情報では、この人物は自分を山岡と称していると書かれていた。それは目撃者にとって事実なのだろう。

だが山岡は自動音声のように「自分は山岡だ」と発声しているだけで、その意味を理解などしていないのだ。あるいは自我のレベルで理解していない可能性さえある。自我あるいは意識がないのならば、比較すべき意識がないわけだから、時間認識を喪失しても不思議はない。

ただ山岡は基本的な人間の行動パターンと環境への適応能力はあり、それに対して周囲の人間が自分たちの行動を合わせるなら、両者に共棲あるいは共犯関係が成立する。この領域を支配する恐怖政治とは、チューバーを指揮する自称山岡が容赦なく殺戮を行うことで、周囲の人間の中に山岡との共棲関係を成り立たせるなり、生み出すということではなかったか？

「ボカサ君と言ったね。山岡は複数いると聞いたが、本当か？」

山岡は、島崎がボカサに質問しても特に反応しなかった。ボカサがアナイスと何か話すと、返答したのはアナイスだった。

「ボカサの代わりに説明します。山岡は複数人存在します。たぶん七人から八人はいるでしょう。この世界にある四つの鉱山にそれぞれ一人か二人の山岡がいて、さらに移動している山岡もいます。このため山岡が何人いるのか我々にもわかりません」

「ありがとう」

島崎にとっては、それで任務は終わったと思った。かつての部下だった山岡宗明は死んだ。肉体はどうであれ、その精神は死んだ。ここにいるのは山岡の形骸であり、つまりは偽物だ。「日本の軍人がオビックのために働いている」という国際的な噂に、日本政府は根拠を持って「ノー」と言えるだろう。

「鉱山の実情を見せてもらえるか？」

島崎は思い切って尋ねてみた。通常の軍事常識なら鉱山の見学など許可されまい。しかし、山岡の反応を見ていると、許可してくれるかもしれない。ボカサやアナイスも軍人ではないから、反対はしないのではないか。そんな気がしたのである。それは島崎が、山岡は人間ではないと結論したということでもあった。

もっとも島崎はそんな質問をしてから、相手は人間の常識が通用しないのだから、いきなり首を刎《は》ねられる可能性があることに気がついた。

「許可する。ボカサの指示に従え」

島崎は、この会話が本隊の装甲車に通じていることを確認する。本隊も金鉱山に接近させ、そこで合流するのだ。ボカサにはそのことを伝えたが、装甲車隊の移動の安全は保証してくれたものの、鉱山の内部に入ることは拒否された。鉱山の奪還を恐れているのかもしれない。

本隊と鉱山内で合流できないのは不安だが、内部の情報を得られるならこれくらいのリスクは覚悟しなければならないだろう。

「鉱山に行く」

山岡はそう言うと、着陸している飛行機に乗り込む。ボカサとアナイスが島崎にも乗り込むように指示する。

「これに乗っていいのか？」

「バイクに乗って行くつもりだったんですか？」

ボカサに促され、島崎はオビックの飛行機に乗り込んだ。


二〇三X年七月一二日・SSN810サンフランシスコ

原潜カリーニングラードの動きが活発になるに伴い、ケイト艦長は潜水艦からUUV(Unmanned Underwater Vehicle：無人潜水機）を展開した。UUVには魚雷発射管から打ち出すタイプもあるが、追跡中に発射管注水音を出すわけにはいかない。

そこで司令塔後方の甲板に張り付いている鱝《えい》のような形状の水中ドローンを使用した。秘匿性を最優先する攻撃型原潜のドローンであり、条件が合えば回収も可能だが、原則として回収はしない。任務を解くと艦長から命じられたUUVは、そのまま動力が続く限り深海へと沈んでゆく。あとは水圧がドローンを始末してくれる。

スクリューなどはなく、左右両側の翼のような胴体を揺らしながら前進する。事前のシミュレーションにより動きは最適化され、比較的短い時間ではあるが移動する原潜に追躡《ついじょう》することができた。

しかし、このUUVの真骨頂は静音で高速を出せる点ではない。このドローンは透過性の高い波長のパルスレーザーを周囲に照射することで、水中の画像を得ることができる。もちろんUUVが使える電力と海水の状態により透過度に違いも生じるが、原潜が活動するような領域では海中の条件は比較的安定していた。UUVが観測したデータはレーザー光線でサンフランシスコに送られる。

ソナー室で処理されたデータから、ケイト艦長のコンソールに最初に現れたのは、カリーニングラードの曳航式ソナーアレイらしいワイヤー状の物体だった。サンフランシスコからカリーニングラードとの位置関係はわかっているので、曳航式ソナーを発見するのはそれほど困難ではない。

そしてこれを辿れば、原潜本体に接近できる。だがカリーニングラードはここに来て曳航式ソナーアレイを回収し始めた。サンフランシスコの艦内で、緊張が高まる。ゆっくりと海面へと向かっている原潜が、運動の邪魔になりかねない曳航式ソナーを回収するというのは、何らかの活動を行う前触れと解釈できるからだ。

それに合わせるように、UUVとソナーシステムのデータから割り出された周辺海域の水温と海水密度の分布が表示される。海水の密度と温度の違いで音波が屈折して届かない領域ができる。そこにサンフランシスコを置けばカリーニングラードに奇襲をかけられる。

もちろんこの場合の奇襲とは雷撃するというような話ではなく、相手の鼻先でピン音を撃つのだ。「これが実戦ならお前は死んでいる」という数十年続く原潜同士の挨拶だ。

原潜サンフランシスコは、そうやって自分たちをカリーニングラードから見て低温海水域に移動させることに成功した。存在を隠しているため、こちらの動きにも掣肘《せいちゅう》を加えられる部分はあるが、そこはUUVが補ってくれた。

とはいえケイト艦長は、ここで自分たちの存在を明かす必要性はまったく考えていない。相手が攻撃を仕掛けてくるような場面でもない限り、自分たちの使命は監視だけだ。

その間もUUVはデータを送ってくる。カリーニングラードの潜舵やスキュードプロペラの正確な映像だ。さらに船体下部を通過して、その画像も収集した。これだけでもかなりの撮れ高といえるだろう。

そうしてUUVが艦首部分の下側に到達した時、明らかな機械音を捉えた。位置的に司令塔の後方らしい。そこには巡航ミサイルのＶＬＳ（垂直発射装置）がある。直径二メートルの筒が四本、左右に二列で総計八基だ。機械音がする二つの発射管から巡航ミサイルが発射されようとしているらしい。

ケイト艦長はヤーセン型原潜のデータを表示させる。この潜水艦のＶＬＳ一基は、キャニスターに入った複数の巡航ミサイルを発射できる。ただ何発が収納されているかはミサイルの種類によって異なる。比較的小型なら四発から五発は収納可能だ。

ＵＵＶによると、二基のＶＬＳで発射準備が進んでいる。ただ既知の巡航ミサイルでは、現在位置から問題の鉱山までは射程外だ。ここで発射するからには、長射程の大型巡航ミサイルだろう。つまり新型。

「通信士、現状を司令部に報告」

艦長の命令により、画像を含むデータは圧縮され暗号化されて、レーザー回線によりＵＵＶに送られる。サンフランシスコから直接情報を送ることも可能だが、通常は原潜の位置を秘匿するためだ。ここで水中ドローンはカリーニングラードから離脱し、ゆっくりと後方へと移動する。そうして海上を目指す。海面からアンテナだけを展開して、衛星インターネットのＩＤＳＰを介してデータを送るのだ。状況に恵まれれば、司令部から何かの指示が届くだろう。

ＵＵＶをどうするかはケイト艦長もまだ決めていない。いましばらくカリーニングラードを監視する必要があるかもしれないからだ。

カリーニングラードは巡航ミサイル発射を準備しているのか、浅深度で停止していた。発射は秒読みと思われたが、なかなか発射されず、あろうことか強い金属音まで探知された。ソナー室によれば、ハンマーで金属を叩く音に合致するという。

「どういうことでしょう、艦長？」

「新型の巡航ミサイルを搭載したが、発射準備でトラブルってことだろうな」

防音タイルが貼られているとはいえ、いまの原潜の信号処理技術を以《もっ》てすれば、船体をハンマーで叩いた音が拾われないはずがない。だから何か問題があるとしても、そんな真似をするなど常識以前の行動だ。

カリーニングラードの艦長は本当にサンフランシスコの存在を知らないのか、常識以前の行動をとってしまうような人物なのか。

そうした時に通信士から報告が届く。コンソールにアイコンが現れる。

「司令部から命令です。レーザー回線です」

通信士のアイコンが消えると、命令が届く。カリーニングラードの監視を続け、母港まで追跡せよ。それが命令の内容だ。単純であったが、付属文書の資料は詳細で、レーザー回線だからこそ瞬時に終わったが、超長波通信なら何時間もかかりかねないものだった。

ただレーザー回線で通信ができるとしたら、上空に飛行機なりドローンが飛んでいなければ不可能だ。しかし、事前に打ち合わせをしているならともかく、そうでないのに飛行機が原潜サンフランシスコの上空にいるなどありえない。どこにいるかわからないからこその原潜ではないか。

しかもどこに向かっているかわからないロシア原潜を追跡しているのだから、司令部が居場所を把握することなどできないはずだ。確かにUUVで報告はしたが、それにしても反応が早すぎる。さらに不思議なのは、レーザー回線を仲介している飛行機の情報がない。コードは与えられているが、数字だけではわからない。

付属文書で目を引いたのは、攻撃型原潜カリーニングラードの艦長の情報だった。名前はイリヤ・フェドロフ大佐。ロシア原潜の艦長について、ケイトは米海軍の資料である程度は把握している。人事を丹念に追ってゆけば、公開情報からそうしたものは割り出せる。

しかし、イリヤ・フェドロフ大佐などという名前は初めて見た。その理由は経歴でわかった。なるほど将校として潜水艦搭乗の経験はあるが、彼のキャリアのほとんどはロシア海軍省で築かれたもので、「命令に逆らわない信頼できる人物」と大統領府から認められてきたという。

確かに小規模なものとはいえ、軍内部で何度か叛乱めいた出来事が起きた事実を考えれば、大統領府にとって、命令に逆らわないというのは重要な評価点だ。だから原子力潜水艦の艦長という重職に抜擢されたのだろう。

こんな情報がいまごろ届いたのも、追跡している原潜がカリーニングラードと判明してから、その艦長の情報収集に手間取ったためではないか。じっさい士官学校でもそれほど目立つ成績ではなく、ロシア海軍内でも、あまり知られてなさそうだ。

ただこの情報はケイト艦長を迷わせた。「命令に逆らわない」の意味が曖昧だからだ。どんなことがあっても命令を実行する不撓不屈《ふとうふくつ》の人物とも解釈できるが、どんな理不尽な命令でも唯々諾々《いいだくだく》と従う人物とも解釈できるためだ。

前者と後者では正反対の性格と言っていいが、それだと相手の動きを予測するのは非常に困難になる。前者は状況判断と行動選択が合理的なので予測は容易だ。しかし、後者は感情で動く傾向が強く、何をするか読めないことがある。つまり合理性が期待できない分だけ危険な相手となる。

問題はこれだけではない。ロシア政府がカリーニングラードに何某《なにがし》かの命令を与えたとして、前者の艦長が従うなら、命令そのものに合理性が期待できる。しかし、政府が後者の人間を抜擢した場合、不合理な命令である可能性がある。

別にこれから矛《ほこ》を交わそうというわけではないから、そこまで神経質になる必要はないのかもしれないが、どうにも気になる情報だ。

しかし、そんなことを考えていた時間は短かった。ソナー室から報告が来る。

「カリーニングラード、動き出しました！」

そしてサンフランシスコのセンサーシステムは、カリーニングラードから四発の巡航ミサイルが発射されたことを探知する。そしてそのままロシア原潜は急角度で潜航する。

「総員に次ぐ、本艦はこれより先の命令に従い、カリーニングラードの追跡にかかる」

二〇三X年七月一二日・偵察機アリカント

偵察機アリカントは無人給油機からの補給を受けつつ、東西アフリカを往復するような航路をとっていた。アリカントの性能を秘匿する意味ではこうした運用は望ましくないが、背に腹は替えられない状況というのは起こりえる。それにアリカントといえども、いつまでも機密が保たれると考える人間はいなかった。

幾つかの国々は偵察衛星の写真からアリカントの存在を確認したとも言われている。それはアメリカ軍自身が偵察衛星で確認していることだ。それに何よりオビックの脅威がある中で、機密を理由に高性能兵器を温存する正当性は乏しい。

ショーン・メルダー大佐とキャメロン・ブキャナン中佐のコンビは、この時もアフリカ上空を飛んでいた。比較的大回りにアフリカ大陸を旋回しているのは、ロシアの攻撃型原潜がオビックの支配地域に攻撃を仕掛けると思われるためだ。

四つの鉱山を同時攻撃、そこから地上部隊が侵攻する。そうしたシナリオであるらしい。すでにアリカントは、ロシアの民間軍事会社の部隊やその後方に位置するロシア軍の配置状況などを偵察していた。

確かに人間相手の戦闘ならそれなりの合理性を感じられる作戦だが、オビック相手にどこまで通用するかは未知数だ。ただ作戦が有効であれ、無効であれ、それを偵察することは米軍にとって貴重な情報となるだろう。

「我々が帰路を取るタイミングが、一つの山ですね」

ブキャナン中佐はナビゲーション席で、司令部からの情報を確認していた。原潜カリーニングラードはアフリカ大陸東部に接近し、オビック支配領域に巡航ミサイル攻撃を行うことが可能となる。

タイミング的に彼らのアリカントが攻撃現場を観測することになるだろう。司令部からの命令がＩＤＳＰ経由で届いたのはその時だった。アリカントは現在位置からアフリカ大陸東岸を抜け、指定された空域で速度を限界まで下げ、レーザー回線で原潜サンフランシスコにファイルを転送しろというものだ。

限界まで速度を下げても音速は超えている。それでも高性能スタビライザーは秒単位の時間であったが、指定された領域に通信用のレーザー光線を照射し続けることができた。

船舶とアリカントが高利得のレーザー通信を行うことはさほど難しくはない。ブキャナンにしても、空母などを相手に水上艦艇とレーザー通信を交わしたことは何度かある。

しかし、隠密性を旨とする原潜との通信は初めてだった。位置さえわかれば、水中透過性の高い波長を選ぶだけでレーザー通信は可能だが、その位置がわかるということは原潜相手では本来あり得ないのだ。それでもレーザー通信自体は瞬時に終了した。

どうやら上の方は、ロシア原潜の動きを睨みながら、何かあった場合に原潜サンフランシスコにレーザー通信を行えるよう、アリカントの飛行経路を設定していたらしい。これはかなり重要な事実だ。

なぜならばアリカントは空軍、サンフランシスコは海軍であり、その両方に命令を出せるというのは、かなり上の部局が関わっていることを意味するからだ。

「ホワイトハウスでしょうか？」

「わからないが、そうだったとしても私は驚かない」

メルダー大佐は何か覚悟を決めたように見えた。

「オビックの占領地に対する国連としての攻撃計画はまだ調整が終わっていない。その状況でロシアがオビック攻撃の既成事実を積み上げることを政府は懸念している。そういうことじゃないかな」

アリカントはその後、原潜と通信を行なった海域を囲むように周回するコースに入ったが、すぐに画像センサーが警報を発した。

「高速の飛翔体を探知。数は四」

アリカントのAIは地図上に飛翔体の予想航路を描く。それは明らかに海中から発射されていた。原潜カリーニングラードからの巡航ミサイル発射なのは間違いないだろう。

「データベースには該当ミサイルなしです。ロシアの新型巡航ミサイルと思われます。すでにブースターを投棄し、ファンジェット推進に切り替わっています。速度は音速を超えました」

ブキャナンは淡々とデータを読み上げる。それはIDSPを介して司令部にも送られている。四基の巡航ミサイルは、潜水艦搭載型としてはかなり大きなもので、何よりも速度が速い。極超音速ではないものの、マッハ二・五以上を出している。

このことはアリカントには好都合だった。少し速度を落とせば、巡航ミサイルの速度に合わせて飛行することができる。それだけ長時間、データを収集できる。

「巡航ミサイルが徐々に散開しています。それぞれは、AIの予測によればオビックが占領した四つの鉱山を目指しています。一番近いのは金鉱山です」

アリカントにとっては悩ましい問題だった。可能な限り新型巡航ミサイルのデータは集めたいが、散開されては観測すべきミサイルを選ばねばならなくなる。

「金鉱山でのミサイルの弾着を観測後に、コバルト鉱山に向かうミサイルを追跡すれば弾頭威力などの計測を二度行えます」

ブキャナンはAIにより導いた結果をメルダー機長に送る。機長がそれを了承すると、アリカントの進路は自動的に調整された。

アリカントは高性能のレーザーレーダーを搭載しているため、巡航ミサイルの排気による周辺大気の運動も計測できた。吸気した大気の量と燃焼した排気の運動量の差が、そのままミサイルの速度となる。原理は簡単だ。だから赤外線量などのデータと比較すれば、搭載するターボジェットエンジンの定格も割り出せる。

「出ました。超音速ではありますが、エンジン効率はそこまで高くはないようです」

データが出たのは、最初の攻撃目標である金鉱山近くになってからだった。

「おかしいですね。巡航ミサイルの速度と燃料消費量、推定重量から逆算すると、弾頭はそこまで大型ではないようです。この程度の弾頭を一発だけ鉱山に撃ち込んで……まさか！」

「対電磁パルス攻撃モードに移行する！」

ブキャナンの指摘したデータの意味をメルダー機長は瞬時に理解し、対応策を取るとともに、巡航ミサイルから可能な限り距離を取る。

その瞬間、巡航ミサイルは鉱山に直撃し、弾頭部分は鉱山の坑道入口付近から内部を貫通し、そして起爆した。それは通常型弾頭ではなく、戦術核兵器だった。鉱山は崩落し、付属施設も消滅した。

意図的か偶然かは不明ながら、その戦術核兵器は強い電磁パルスを発した。機長の的確な判断で、アリカントの電子兵装の中枢部は電磁パルス攻撃から無傷であった。しかし、機体表面と一体成形されたセンサー群は、この攻撃でほとんどが使用不能となった。

このためアリカントは、電磁シールドされた機体の窓から写真を撮ることでしか、現場の状況を記録できなくなっていた。機内に収容したセンサーモジュールを展開することも検討されたが、残っている三発の巡航ミサイルも戦術核兵器であるとすれば、それは避けるべきと判断された。ともかく焼き切れたセンサーシステムによる映像などとともに、アリカントはIDSP経由でこの事実を報告した。

「これより戦域を離脱する。アリカントを危険には晒《さら》せない」

メルダー機長は司令部にそう報告し、司令部も了承した。アリカントの安全もさることながら、米軍機が活動していた事実を現時点では知られたくないからだろう。

アリカントは進路を西ではなく北に変更したが、そちらには銅鉱山があり、それもまた巡航ミサイルの目的地だった。

ヨーロッパの基地への最短コースはその銅鉱山付近を通過するが、さすがにそこは迂回する。だがアリカントよりも先行する形で、巡航ミサイルは問題の鉱山を目指していた。

距離は十分にとったつもりだったが、アリカントの窓に閃光が走った。それが機体の航行に影響をもたらすことはなかったが、ブキャナンもメルダー機長も無言だった。それどころか機長の目には涙が認められた。

「馬鹿どもが……一線を越えてしまったんだぞ！」

ブキャナンは無言のまま、銅鉱山周辺のデータを集めることに専念した。いまはまだ、それ以上のことは考えたくなかった。

二〇三X年七月一二日・オビック飛行機

オビックの飛行機は島崎が知っているものとはかなり違っていた。自衛隊の演習で輸送機で移動することは何度かあったが、殺風景といわれる輸送機でさえ、椅子なり消火器や斧など細々した道具が、人間の営みをそれなりに感じさせてくれる。だが、オビックの飛行機にはそんなものはなかった。

輸送機として使っているらしい飛行機には、機体の内部に空洞があるだけだ。点在する照明があるので暗くはないが、かまぼこ状の幅五メートル、奥行き一五メートルほどの空間があるだけだ。

窓もなければ椅子もなく、人間はただ立っていることしかできない。しかも内部に入るとIDSPの電波は完全に遮断され、本隊との通信も途絶した。ただ身につけたカメラそのものはまだ稼働しているようだった。

機内には島崎と山岡、ボカサにアナイスしかいない。会話もなかった。ボカサやアナイスは山岡と世間話をするような関係ではなく、それどころか本当の意味で会話が成立しているのかさえ疑問な部分がある。

そして島崎も、山岡と会話する気持ちにはなれない。目の前のこれは、山岡の形をした何か別の存在だ。言葉のやり取りはできても、それを会話と呼ぶ気にはなれなかった。

「目的地を変更する」

唐突に山岡が宣言する。それは日本語ではなくフランス語だった。島崎もこの程度のフランス語なら理解できる。

どうやらボカサたちに対するものであるらしい。ボカサとアナイスは自分たちの言葉で何かを山岡に話す。山岡の答えに、二人ともその場に倒れ込んでしまった。ボカサは泣いている。

「何があった？」

すると山岡は日本語で返答した。

「鉱山が武器で攻撃され、使用不能となった。だから我々はこの土地を放棄し、各地に向かう」

「オビック占領地が国連軍により攻撃されたので、お前たちは撤退するというのか？」

それは、島崎があちこちで断片的に聞いていた話と符合する。

「この飛行機は目的地を変える」

山岡は島崎の言葉をどこまで理解したのか、そう返してきた。

「どこに向かうというのだ」

「この飛行機は日本」

島崎は、山岡の言う日本とは、自分が知っている日本なのか自信がなかった。

6　リーダー

二〇三X年七月一〇日・オシリス

六人の山岡だけでできている「山岡村」と武山たちの関係は総じて安定したものだったが、山岡村に翻弄されるのもまた事実だった。それはオビック側の何らかのモデルの失敗が原因であるように武山には思えた。

まず山岡村との最初の接触から三日か四日が経過した頃、山岡村では日々何かが変わっていた。大量の軽金属のパイプが搬入されていた。しかし、よく見ればそれは分解されたチューバーのようだった。

そのパイプで山岡たちは小屋を作り始めた。武山は以前から高度な宇宙文明の産物とは思えない、チューバーの安っぽい構造が疑問だった。経済性は高いだろうが、それ以外にメリットなどみられないと思っていた。

だがその認識は浅慮であったようだ。チューバーの構造は基本的にパイプ形状であるため、分解して組み方を変えればこのように建築物を作ることも可能だ。卓二がチューバーのような犬を目撃したと語っていたことがあるが、この構造だと用途に応じた基本部品の組み合わせだけで、そうしたロボットの改造も容易《たやす》いわけだ。

母星から遠く離れた惑星で自分たちの戦力を増強するために、基本部品の組み合わせで複雑かつ大きな機械を組み上げるというのは、兵站《へいたん》面を考えると確かに賢いやり方だろう。

ただ武山は、オビックが使っているミリマシンのことも気になった。

チューバーのようなシステムが兵站面で有利としても、ミリマシンがあれば、すべての機材をそれで作り上げてしまえばいいではないか。どうしてオビックはこうした重複する手段を用意するような無駄なことをするのか？

その疑問も山岡たちの作業を見ていてわかったような気がした。突如として現れたこの金属パイプの山こそ、小惑星の資源からミリマシンが作り出したものだ。そして山岡らはそこで生まれた金属パイプで、より複雑で大型の構造物を作る。

武山もエンジニアとして、ミリマシンをどうやって制御しているのか見当もつかなかった。単純計算でも個々のミリマシンを動かすエネルギーの一〇〇倍以上は、無数に存在するミリマシン集団が総体として適切に動作するための制御に費やされるはずだ。鉄鉱石から釘一本作るだけでも、数万、数十万のミリマシンが必要だろう。

しかし、それは汎用的な能力を持っている場合だ。ミリマシンの能力が、チューバーの部品だけを製造するように最初から組み込んでおけば、制御の負荷は劇的に改善するはずだ。

とはいえ武山もオシリスでの生活で、ミリマシンがチューバーの部品だけ製造しているわけではないのはわかっている。だがオシリスでのミリマシンの機能は排泄物の分解など比較的単純なものに限られ、複雑ではない。武山は、山岡らの動きを見たことで、一つの謎が解けた気がした。

一方で、依然として理解できないのが、山岡村の意味だ。リーダーを作る実験を山岡村は期待されているのではないかという武山の予想は、ある段階までは当たっているように見えた。それは山岡3がリーダー的な立ち位置になると、それを補助するかのような役割を山岡2と山岡5が担うようになったからだ。

もっともリーダーの補助というのも武山がそう解釈しているだけで、それが正確かと問われたら、多分違うのだろうとは思う。ただ小屋の製作に関しては明らかに役割分担があり、山岡3が計画して、山岡2と5が交代で残りの山岡1、山岡4、山岡6に指示を出しているとその動きから武山は解釈した。

ただ小屋作りは、建築そのものよりも、役割分担を行うことにこそ目的があるようだった。なぜなら山岡たちの動きの割に、小屋の建築はわずかしか進まなかったためだ。

山岡村から食料や水を確保する日々に変化はなかったが、六月の終わり頃から山岡が減り始めた。六人いたはずが五人になり、四人になり、三人になり、そして二人だけになった。しかも最初に消えたのが山岡3、ついで山岡2、山岡5と、リーダーかリーダー候補者から消えていった。そして山岡1も消えて、4と6だけが残っている。小屋の建設もほとんど進まなくなった。これが七月三日あたりの状況だった。

「異動だよね、人間社会なら」

武山の話を聞いてから、そう言ったのは麻里だった。

「社員研修を終えて、成績優秀者から担当部署に入ってもらう、みたいな」

「だったら俺たちは、研修課題か何かってことか？」

武山はそう言ってから、改めて、そうなのかもしれないと思った。オビックが自分たちに色々な経験をさせてきたのは、自分たちを素材としてシミュレーション上の人間モデルを完成させるためではないかと武山はずっと考えてきた。

ただこの仮説には一つ難点があった。それはサンプルが自分たちだけということだった。小惑星オシリスの大きさと自分たちの生活圏を考えれば、この中に他の地球人がいる可能性は高くない。これは武山が無線機を改造して作った装置で、内部の構造を解析しても裏付けられている。

オビックが地球に現れて数ヶ月が経過するのに、モデル構築に用いるサンプルが自分たちだけというのはいささか不自然に武山には思えた。だが少なくともオシリスには自分たち以外の人間がいるという証拠はない。

そしてオビックがいまだに地球に拠点を構築していないのなら、利用できる人間モデルのリソースは自分たちだけということになる。それは人類の一員としては希望が持てる事実だが、オビックが自分たちを解放する可能性はそれだけ低いことになる。

「それでも武山さんの人間モデル説が正しいとしたら、山岡の存在が説明できないと思うけど」

そう言ったのは宮本だった。武山が気になるのは彼女の情緒面だった。自分たち三人は高校時代の同期という共通点があり、長年の親交がある。その中で宮本だけが異分子だ。彼女を除《の》け者になどしていないつもりだが、当人がどう感じているかは武山たちにはわからない。

ただ状況は必ずしも楽観的ではないようで、自分の殻に閉じこもったかと思えば、まるで指揮官のように振る舞おうとする時もある。最近は安定しているが、それでも感情の波はある。もっともオビックに拉致され、オシリスに幽閉されている状況では、宮本の反応こそが正常で、自分たちは少し鈍感すぎるのではないかという疑いはあった。

「山岡の存在が説明できないとは？」

「武山さんが言う人間モデルというのは、ある種のシミュレーションの中に作っているモデルだと思うのだけど、オビックは我々を二四時間監視できる立場にあるのだから、モデルの修正はシミュレーションの中だけで完結できると思うのね。

それだったら山岡は必要ない。もちろん山岡という新しい存在を前に我々がどう反応するかを観測し、モデルを修正することも考えられる。

最初は私もそう思っていたけど、よく考えるとそこに矛盾がある」

「矛盾って？」

武山には宮本のいう矛盾がどこにあるかわからない。

「山岡が我々と同様にどこかから連れてこられた人間であったなら、モデルの修正も成立するでしょう。しかし、山岡はオビックが作り上げた存在だった。その山岡をどうやって作り上げたかといえば、武山さんの言う人間モデルを利用するしかなかった。

人間モデルを改良しようというのに、その人間モデルを我々と接触させても、手間が余計にかかるだけで、結局は同じことじゃない。それは矛盾ですよね。少なくとも目的に対して手段は適切じゃない」

エンジニアとしての武山には、シミュレーションのモデルと、それを実際に動かしてみるのとでは同じではないという反論もできた。じじつ彼は山岡の存在をそのように解釈していた。

ただ宮本に指摘されてみると、確かにモデルの修正としては問題が多いというか、効率が悪い。それ以上に問題なのは、人間モデルを元にしているとしたら、山岡の反応はお世辞にも誉められたものではない。

人間を再現するというのはオビックの技術を以《もっ》てしても、なおあの程度が限界ということかもしれないが、それならそれで実用水準かどうかくらいオビックにもわかりそうなものだ。あるいはオビックの視点では我々も山岡も似たようなものに見えるのか。

「だから、私も相川さんのいうのが一番近いと思う。山岡は我々の反応を見るのが目的ではなくて、我々と一緒に生活させることで、人間に溶け込むというか、共同生活が可能な能力を得させようとしたんだと思う。

でも、オビックの人間理解に限度があるから、山岡みたいなものしか作れなかった。だから共同生活もうまくいかなかった」

宮本の見解に疑問を述べたのは、意外にも卓二だった。

「あのな。俺はその場にいなかったけど、山岡って初対面の時はずっとまともな受け答えをしていたんだろ。だったら、性能の劣るものしか作れなかったってのはおかしくないか？」

「僕らには、そう見える。だけどオビックからだとどうだろうな」

「どうだろうなって、何がどうなんだ、隆二？」

「オビックはどういう反応なら人間と円滑な応対ができるかわからなかった。だから初期値として、何か適当な人物の真似をさせた。おそらく山岡のモデルとなった人物は実在したんだと思う。

　オビックはその人物の日常の一部を切り取って再現し、そこから知識や文化を学ばせようとした。しかし、その一部を理解するためには、人間に関する常識がなければならないが、オビックはそうした人間の常識を知らない。その状態で人間と接触させたことで、情報を合理的に処理できず、負荷に耐えかねて核となる部分が壊れたんじゃないかな」

　麻里は武山の仮説をもっと適切に言い換えた。

「すると山岡がミリマシンに分解したのは、チューバーの部品が影響したとかじゃなくて、遅かれ早かれ解体される運命にあって、山岡村はなんというかな、山岡をリセットして別のアプローチを試みたってこと？」

武山は麻里のこうした聡明さを見るごとに、告白して玉砕した高校時代のあの日を思う。概《おおむ》ね彼女の意見は武山と同じであった。麻里は続ける。

「たぶんオビックも、単純な共同生活による学習では限界があると判断したんじゃないかな」

「だとするとさ、いなくなった山岡がリーダー格の3や補佐の2と5からというのは、オビックの視点では実験は成功していて、使えるものから異動したということかな。でも、どこに？」

「オシリスのどこかに、別の山岡村を建設しているとか？」

さすがに麻里もその辺になると自信がないようだ。

「いま僕らは、隣の空洞までトンネルを掘削している。それが開通したら、あるいは山岡3と再会できるんじゃないか？」

武山もそこはあまり自信がない。そもそも山岡3たちが異動したといっても、オシリス内にいるのか地球に送られたのかさえわかっていないのだ。ただ後者の場合、地球のどこかにオビックの拠点があり、複数の山岡がそこにいることになる。リーダー役が必要というのはそういうことだ。

武山たちは、山岡村の異変は気になったものの、数日前から開始した掘削工事に専念することとした。たいした道具はなかったが、ほとんど水のない宇宙空間を漂っていた小惑星は、粉末にして水を与えると激しく反応して高熱を持った。この性質を利用すると、高熱と急冷の繰り返しで、思った以上に掘削を進めることができたのだ。

そうして山岡4と6しか残っていない山岡村のことなど、食料調達のために訪れる以外ではほぼ気にも留めなくなった頃、宮本の提案で山岡村からチューバーの部品を調達しようという話になった。山岡4と6は相変わらず小屋を作ろうとしているが、ほとんど進んでいない。だからそこから材料を横取りすれば、金属材料が手に入る。今後のことを考えれば、手に入れるべきだと彼女は主張した。

正直、以前の宮本ならこんな主張はしなかったと武山は思うのだが、それが適応というものかもしれない。それに金属資源の入手という点では、確かにいまがチャンスだろう。

こうして七月一〇日になり、四人は山岡村に向かった。驚いたことに、ほとんど止まっていた小屋の建設はほぼ完成状態まで進んでいる。それは山岡村の人数が六人に戻っていたためだった。消えた四人の山岡が戻ってきたわけでもないようで、山岡は新たに二人補充されて四人になっている。

それ以上に武山らを驚かせたのは、六人の中の残り二人が全く見たことのない人物だったことだ。一人は精悍な感じの男性、もう一人は女性で、どちらも迷彩服のようなものを着ている。日本人ではなく、たぶん見た感じではアフリカのどこかの人らしい。どうもこの二人が山岡たちを指導して小屋を建設したらしい。

「あなたたちは誰？」

そう誰何《すいか》したのは宮本だった。山岡と関係しているなら日本語が通じると思ったのだろう。しかし、やはり通じなかった。男の方が何か言ったが、さっぱりわからない。

ただ、その口調から山岡よりは意識が明瞭であるように武山には思えた。そして二人は、山岡よりもコミュニケーション能力に長《た》けていた。身振り手振りでわかったのは、男性の名前がジーン・ボカサであり、女性の名前がアナイス・トァデラであることだった。

「この二人はどこからきて、オビックは何をさせたいんだ？」

武山にはそれがまったくわからなかった。

二〇三X年七月一二日・NIRC

的矢がNIRCの緊急理事会を招集したのは、一二日の夕刻だった。IAPOの緊急理事会を一三日にリモートで開催するので、加入機関による事実関係の調査分析が命令されたのだ。ただハンナ・モラビト事務局長からは、この理事会にロシア代表部は欠席するとの非公式の通知があった。

そうなるとアフリカ中央部で為された核攻撃についての事実関係を解明するにあたっては、当該地域の旧宗主国で部隊の駐屯を続けているフランスと、山岡なる人物の出身地と思われる日本の理事会の情報がより重要度を増すことになる。

NIRCは政府直属の独立した研究機関であるが、その運営は定款《ていかん》により定められ、それに従って運用される。ただオビック騒動以降、若干の修正がなされ、緊急理事会は理事長の的矢と副理事長二人で最低限度開催できることとなった。

むろん参加者の多寡にかかわらず、理事長・副理事長の権限を強めた分、議事録（とは議事進行の録画とAIによる要約である）の理事会への全面公開と、意思決定に関する責任の明確化もなされている。権力には義務が伴うからだ。

しかし、幸いにもこの緊急理事会には全員ではないものの、リモート参加も含め理事の過半が参加することができた。合法的ではあっても、最低人数の理事会は避けるべきと的矢は考えていた。信頼できる理事が一人減れば、それだけ議論の精度は下がってしまうからだ。

「二〇三X年七月一二日一九時三〇分、理事長の的矢正義が理事の過半の参加を確認した。これにより定款一三条修正第五項に基づき、緊急理事会の成立要件を満たしていることを確認し、緊急理事会を開催する」

的矢は努めて事務的に開会を宣言するが、気分は最悪だ。それは他の理事も同様だろう。数時間前に入った情報のためだ。ロシア軍が潜水艦発射型の巡航ミサイルにより、オビックが占領していた四ヶ所の鉱山を戦術核兵器で攻撃したというのだ。

ロシア政府からは、まだ正式なメッセージは発表されていないが、NATO諸国には攻撃直前に、これはオビック占領地に対するものでNATO諸国に対するものではないとの説明がなされたという。

じじつ幾つかの観測所では地震計が核兵器特有の振動を観測しており、それらのデータを総合すると震源はアフリカ中央部で、時間差から攻撃は四ヶ所でなされたことが確認されていた。ただ、IAPO加盟国の申し送り事項として、メディアには情報は流れていない。的矢は、そうしたことを淡々と理事に説明する。

「若干ですが、理事長の説明に補足があります」

それは理事ではなく、アメリカ情報の担当者として参加している加瀬執行役員（予定）だった。

「説明してくれ、加瀬君」

「当方のソースは明かせませんので、そこはご容赦ください。

まずロシアの攻撃型原潜の中で、通常のパトロールコースを外れ、急遽、ムルマンスク州のセヴェロモルスクに戻ったものがいます。NATO海軍はこの原潜の動きを警戒していました。そしてこの原潜が再び任務に就くと、米海軍の原潜が追跡していた。

この原潜の報告により、米空軍が偵察機を飛ばして核攻撃の瞬間を撮影したらしいという未確認情報もありますが、さすがにそこまでは確認できてません。偵察が行われたのは確かなようですが手段については不明です」

「核攻撃を行なった原潜についてもっと情報はないか？」

建前としてアメリカ側の情報管理の問題もあって、加瀬が情報開示できるのは的矢理事長のみであり、加瀬に対する質問は的矢だけができた。

「ロシア原潜の名前はカリーニングラード。建造されてそれほど年数を経ていない原潜ですが、最新鋭艦ではありません。艦長はイリヤ・フェドロフ大佐。原潜の艦長を任されているくらいなので無能というわけではないですが、海軍士官としてはさほど優秀ではない。

ただ上官の命令には逆らわない人物として順調に出世してきた。通常任務から基地に呼び戻されたのも、核弾頭搭載の巡航ミサイルを積み込むためだったようです。カリーニングラードが選ばれたのは、フェドロフ艦長が、命令されれば躊躇せず核攻撃を行える人物であるからというのが、現時点でのプロファイリングの結果です。

あぁ、プロファイリングついでに言えば、イエスマンに核攻撃を委ねる点で、ロシア政府の意思決定は強い独裁権力下にあることが予想されるようです。複数の政治勢力が存在すれば、核攻撃という極端な選択は為されない。そして独裁権力は猜疑心《さいぎしん》が強いので、能力よりも忠誠心を重視して、核攻撃のような重要な任務を与える。こんなところでしょうか」

加瀬の情報源はどこだろうと、的矢はふと思った。少なくとも軍事的な専門情報とプロファイリングという別領域の専門情報が報告されている。一つのソースのように装っているが、三つ、四つの機関の情報をまとめたか、あるいはそれらをまとめられる機関、つまり政府筋なのではないか、彼はそう感じた。

ただ加瀬がこれだけの情報を短期間に集められたのは、相手に対して見返りを約束してのことだろう。それは山岡情報と日本政府の意思決定に関するものだ。そしてＮＩＲＣは政府に対して、情報支援を行う機関なのだ。緊急理事会の内容を加瀬はアメリカの情報提供者に渡すのだろう。

とはいえ、的矢はそれを咎《とが》めるつもりはない。政府関係者はなかなか理解してくれないが、情報の世界はギブ・アンド・テイクで動くのだ。その予想に間違いはなかった。

「ところで、山岡二等陸尉というのは実在の人物でしょうか？」

加瀬を介してアメリカが一番知りたいのはこの点だろう。どうしてアフリカ中央部に山岡なる人物がオビックの手先として現れたのか？

「それについては副理事長の大沼君から説明してもらう」

さすがに大沼も緊張の色を隠さない。人類の側からの核攻撃は、オビックに対してどんな報復の口実を与えないとも限らない。むろんこうした報復論にしても人間の価値観による勝手な解釈に過ぎないが、だからといって可能性を無視してよいわけではない。

「事実関係の資料についてはいま皆さんに送付しました。副理事長の責任で加瀬さんにも送ってます。なので扱いには注意してください。

さて、ここからの話は、添付資料の事実関係に基づき、私が立てた仮説に過ぎないことを了解ください。

まず、どうして山岡二等陸尉だったのか？ 彼は兵庫県の山中で起きた自衛隊とオビックの戦闘における殉職者の一人です。小隊長として装甲車の中でチューバーに殺害されました。

その後、遺体は回収され、遺体袋に納められ、検死が行われました。だがこの時に、遺体は消失し、体液と少量のミリマシンだけが残されていました。

考えられる合理的な仮説としては、山岡の遺体はミリマシンにより解体され、それにより人体の構造に関する細胞レベルの情報をオビックは入手した。それをもとにオビックは山岡二等陸尉と名乗る人物を、そうですね、こういう言い方が許されるのであれば、複製した。

つまり山岡二等陸尉が選ばれたのは、オビックが持っている完全な人間のデータが彼のものしかなかったためと考えられます。オビックの拠点はアメリカやロシアでも確認され、戦闘も起きていますが、遺体が解体された事例は報告されておらず、この点でも山岡以外の人間をオビックは複製できなかった。

複製されたからこそ、複数の山岡が確認されている。少なくとも六人から七人の山岡が目撃されているのは、このためです」

アメリカからリモート参加している加瀬は、真剣な面持ちで大沼からの資料に目を通していた。

「大沼博士の仮説には説得力があると思います。ただその仮説では、どうしてアフリカに現れたのか？　それが説明できないのでは」

加瀬を加えたのは正解だった。的矢はそのことに安堵した。連日のストレスと、海外情報を如何に入手するかに焦っていた時の人選であったから、いつものように正しい選択との確信を持てなかったのだ。

だがそれは杞憂《きゆう》だった。加瀬は大沼の説明を的確に理解し、正鵠《せいこく》を得た質問を返してきた。そこは人材を見るときに的矢が重視しているところだ。

「当然の質問です。

まず、山岡はなぜアフリカに現れたのか？　という質問は、どうしてアフリカ以外に現れないのかという問題と表裏一体です。

これに対する答えは比較的単純です。地球侵攻を企てたオビックの宇宙船で、ヨーロッパ方面で撃墜されたものの中に、一隻だけアフリカ中央部まで辿り着き、墜落したものがある。そして確認されている範囲で、墜落より数日後には最初の山岡が確認されている。

同時に、四つの鉱山を含む地域で大量のチューバーが確認されています。一部では戦闘も起きている。

オビック宇宙船には載せ切れないだけのチューバーが観測されているということは、現地で何らかの方法で量産されている。

つまり墜落した宇宙船は、宇宙船としては機能していないものの、すべての機能を失ってもいない。その内部に生産設備がありチューバーを量産している。そのための資源を現地で調達するには、コバルトや銅などを産する鉱山の存在は大きい。あの領域はそのための資源確保に必要だった」

加瀬はそこで何か質問しようとしたが、大沼は待ってくれと手で制する。

「ただこの動きは、ある面で矛盾している。資源確保のために鉱山が必要なら、宇宙船は最初からこのアフリカ中央部を目標とすればよかった。しかし、侵攻してきた四八隻に及ぶ宇宙船の軌道を解析しても、降下予定地域にここは含まれていない。あの宇宙船群は、軌道解析によれば都市部や工業地帯を目指していた。

あの四八隻の宇宙船が都市部や工業地帯で具体的に何をするつもりだったのかは、わかりません。一つ明らかなのは、墜落した宇宙船がアフリカ中央部で行なっていた活動は、当初の計画にはなく、必要に迫られてのものだった。

オビックの目的は不明ですが、チューバーを量産する必要があり、そのための資源確保が重要だった。

ここでオビック視点に立ってみましょう。チューバーはあるが、自分たちは弱者です。当面の目的はチューバーの量産です。そのためには資源が必要です。そこから導かれる結論は、人類との戦闘回避です。もっといえば協力関係の構築です。

しかし、チューバーにコミュニケーション能力がないとなれば、使えるリソースは山岡の複製を作り上げることだけです。

山岡とチューバーがどのようにあの広い領域と鉱山を円滑に管理していたのか、それは今後の調査に委ねるよりありません。農地が拡大し、善政を敷いているという情報から、歯向かうものは容赦なく首を刎《は》ねられる恐怖政治だという情報まである。チューバーは酷い連中だが、ロシアの民間軍事会社の連中よりはマシだったという意見もある。真相は現時点で不明です。

いずれにせよ、山岡の投入でオビックは現地の人々との協力関係を構築することに成功した。それが私の仮説です」

加瀬は大沼の話を聞きながら、懸命にキーボードで何かを打ち込んでいたが、彼の視線の動きを見ると、緊急理事会に参加しつつ、どこかとメッセージのやり取りをしているように見えた。

情報管理としてはグレーゾーンな行為なのだが、それをいえば加瀬からの情報提供も同様だ。いまは日米両国とも現行法の矛盾点を解消することに労力を費やすよりも、現在の状況の下でいかに相手から情報を引き出すかを重視しているわけだ。それに、既成事実を積み重ねることもいまは必要だろう。

「ミリマシンの話に戻りますが、その機能は人体を解体するだけですか？　たとえば、解体した人体を再構築することは可能ですか？」

これは加瀬ではなく、通信相手の質問だろうと的矢は直感した。核攻撃の議論とは離れているし、加瀬は先ほど山岡の複製と言ったが、再構築とは表現していないからだ。加瀬の背後にいるのが誰かは知らないが、彼らは核攻撃よりもミリマシンに関する情報をより欲しているらしい。

つまりNIRCとしてはミリマシン関連の情報は、こうした対外的な場で、重要情報を手に入れるための切り札となり得るわけだ。的矢は大沼へ、その点を簡潔にメッセージとして送る。

「詳細情報はまだ提供できる水準にはありませんが、人体を解体したミリマシンにより複製あるいは再構築することは理屈では可能です。ただ我々の解析した結果では、個々のミリマシンが記録できる情報量には限度がある。そして人間を解体した場合に得られる情報量は、人間を解体するミリマシンの総数が記憶できる情報量を凌駕します」

「すいません、大沼博士。人間を解体するミリマシンの総数とおっしゃいましたが、そんなデータがそちらにはあるのですか？」

「まぁ、加瀬さんが期待していらっしゃるような形のものではなく、シミュレーションによるものです。山岡の事例でいえば、ミリマシンは遺体袋の内部で増殖を完結させていた。リソースは山岡の遺体だけです。ミリマシンの大きさと重さはわかっています。だから遺体袋の中に存在できるミリマシンの総量は単純な計算で求められます。これがミリマシンが存在できる上限です。

もちろん実際に人体を解体したミリマシンの数は、その上限よりもずっと少なくなる。細かい計算の前提は省きますが、簡単にいえば、ミリマシンが接触できるのは体表面ですから、ミリマシンの接触面積で人体の表面積を割れば、解体に必要なミリマシンの数は割り出せます」

「あぁ、なるほど。ベッケンシュタイン限界（Bekenstein bound）みたいなものですか」

「遺体はブラックホールではありませんが、表面積が制約要因となる点では類似ですね。最近のSFでもよく登場します」

天文学者の加瀬とSFファンの大沼はベッケンシュタイン限界でわかり合えるようだが、的矢にはさっぱりわからない。ただAIに質問すると、ブラックホールに落ち込む原子量はブラックホールの表面積に限界があるというような話らしい。とはいえ的矢にはよくわからない。

「話を戻しますと、ミリマシンが人体を解体して、それを複製するためには、外部に膨大な人体情報を記憶する機構が必要です。活用できるとしたら衛星インターネットからオシリスに情報を転送する。このためにオビックは衛星インターネットには手を触れないと推測できます。

外部に山岡の身体データがあればこそ、殉職した場所から遠く離れたアフリカで山岡は複製されたわけです。

じつは興味深い事実があります。アフリカに派遣された自衛隊の偵察部隊が擱座《かくざ》した戦車を調査中に、大垣裕曹長が内部のミリマシンにより解体されました。当時、現場はロシア軍の通信妨害により衛星インターネットもほぼ使用不能だった。

結果的にミリマシンは大垣曹長の解体によるデータを転送できず、山岡の複製は現れていますが、大垣の複製は現れていない。むろん大垣の事例は最近のことで、複製に必要な時間が足りない可能性もあります。それでも傍証としてお伝えしておきます」

加瀬は大沼の情報にひどく感銘を受けていたが、裏付けとなるデータが提示されていないことに、これが今後の交渉の重要なカードとなることもわかったらしい。じつをいえば的矢は、加瀬ほど大沼の仮説に感心してはいなかった。感心できるほど科学分野の専門知識がないためだが、自分に理解できずとも、専門家が評価していることがわかれば十分だ。

「大沼博士にあと一つ。我々は先進工業国に向かっていたオビックの宇宙船をことごとく撃墜しましたが、もしも着陸に成功していたら、何が起きたと考えますか？」

緊急理事会の議題とかなりずれてきたのは的矢にもわかったが、いましばらくこのやり取りを続けさせた。ロシアの核兵器使用がアメリカにとって完全な不意打ちだったなら、加瀬にしても違った議論を続けたはずだ。そうでないのは、アメリカにとって今回の事案が複数用意していた想定の一つということではないか？　的矢はそう考えて、いまは加瀬の議論を続けさせたのだ。

「それは興味深い問題ですけど、確定的なことは何もいえないのはおわかりと思います。それを承知の上で個人的な仮説は開示できますが、よろしいですか？」

「はい、それで結構です」

「今更な話ですが、そもそもオビックはこちらの呼びかけには何も返答しないにもかかわらず、四八隻の宇宙船を降下させてきた。我々はそれを攻撃と断じたものの、果たして攻撃と呼べたのか？　攻撃とは何かという哲学論争をするつもりではありません。オビックの攻撃手法は我々とは異なる可能性が高いということです。

ここで見直されるべきは、アフリカ中央部での出来事です。オビックの占領から一ヶ月も経過していないので断定はできないものの、ともかくも領域の人間と共存し、鉱山採掘も続けていた。それが彼らの手法であるかもしれません」

「オビックは友好のために地上に降下しようとしたと？」

「よく国家の戦争を個人の喧嘩に例える人がいますが、戦争と喧嘩はまったく異なる。戦争は国家機構があって初めて可能であり、そこは喧嘩とは違う。闘争本能を戦争に持ち出すのも同じ誤りです。本能で闘うなら、戦場の中で闘争本能は充足され、前線から戦争は終了するはずですが、現実にそんなことは起きない。戦争は機構と機構の衝突ですから。だが逆はどうか？　個人がオビックと友好を結んでも、それを平和と呼べるのか？　つまり個人レベルの平和は、国家機構の平和を意味するのかということです。アフリカ中央部のあの領域は元々、民間軍事会社の介入により国家主権が曖昧でした。そこに短期間とはいえ独立国のような領域が生まれた。仮に先進工業国にチューバーとミリマシンが展開し、人間に必要な物資を供給できるようになればどうなるか？　特定の領域で地元の人々がチューバーとの協力で自給自足可能となる」

かなり抽象的な話であったが、加瀬は大沼の意図を理解した。

「つまり博士は、オビックが人間に自給自足可能な領域を構築するという平和に見える活動により、大局的にはオビック・人間の共存領域拡大という形で、国家という機構を蚕食《さんしょく》し、最終的に崩壊させる、と」

「崩壊させる必要はないかもしれません。すべての国家が内部にオビックによる自給自足領域を抱え、社会内部に小規模だが永続的な混乱状態を作り出せれば、オビックの地球での活動を妨害できるほど強い国家は存在しなくなるでしょう。いうまでもなく、これは仮説というより空想に近いですけどね」

的矢は、話題を戻す潮時と判断した。

「合衆国政府は、今回の核攻撃に対していかなる態度で臨むだろうか？」

もちろん加瀬は合衆国政府の人間ではない。ただ合衆国から日本に対して何らかのメッセージを伝達する立ち位置にいるのは、彼も的矢も暗黙の了解としてわかっている。加瀬は最初にかなり深い米軍情報を開示したが、そのようなものが政府筋の了解なしにできるはずもない。

当然、ここでの議論は加瀬から政府筋に伝達されるだろうが、ならば今回の事案に対する合衆国政府の基本方針くらいは明かされるはず。それはロシア原潜の艦長のプロファイリングや、攻撃前から自国の原潜に監視させていた事実からも推測がつく。

もちろん合衆国政府も米軍も核使用にはショックを受けたかもしれないが、おそらくそれすらも想定していた選択肢の中にあったはずだ。的矢はまずそこを確認したかった。

「僕は合衆国政府の人間ではないので、ホワイトハウスがどんな決定を下すかはわかりません。それはご理解いただけると思います」

「当然だ。わかっている範囲で、分析の足掛かりが欲しいということだ」

「そういうことでしたら。

まず、大原則として合衆国政府は、オビックの脅威が存在する状況で人類同士の核戦争は回避するという立場です。何らかの形で核による恫喝《どうかつ》が行われた場合、その国に対してIAPOからの完全な排除が報復として行われます。核の恫喝を行えば、その国には一切のオビック情報は入らない。もちろん具体的な制裁措置については専門のワーキンググループが仕事をしているようですが、その内容は僕にもわかりません」

これはかなり重要な情報だった。合衆国政府はロシアのオビック拠点に対する核攻撃を「真珠湾以来の奇襲」であるかのように振る舞っているが、制裁措置のワーキンググループがすでに仕事を始めているということは、合衆国としてロシアの核攻撃を高い蓋然性のある可能性と考えていたことになる。

「現時点でロシア政府は公式見解を出していないが、他国への核攻撃が正当化されると彼らは本気で考えているのか？」

「ロシアにおいて最終的に意思決定を行える人間が、攻撃は正当であるという認識であれば攻撃は行われます。独裁権力は意思決定の振れ幅が大きいというのは、組織論の基礎ですからね。

攻撃された四つの鉱山は、ロシアの民間軍事会社が管理していました。オビックに殺されたのはロシア人であるからロシアには報復する権利があり、それがオビックの基地ならば、人類のために核攻撃も容認されるってなところじゃないですかね。まぁ、これは僕の私見ですけど。

合衆国やNATO諸国はロシアを非難するでしょうけど、制裁するかどうかは未知数じゃないですかね」

「なぜ制裁が未知数なんだ？」

「それがどこの国であれ、オビックの基地が発見されたなら、場合によっては核攻撃しなければならない状況も起こり得るわけです。アメリカやロシアにオビックが拠点を建設しようとした時、早期に発見したこともあって通常兵器だけでそれを粉砕できた。

しかし、アフリカ中央部では発見が遅れ、オビックと人類の協力者が拠点を整備しつつあった。そして当該国の軍隊ではオビックを排除できなかった。

こうしたことを考えるなら、オビックの基地に対して、緊急避難的に国家主権を無視した核攻撃を行う可能性についてはフリーハンドでいたい。

端的にいえば、核兵器保有国はオビックに対する核兵器使用のルールを整備すべきで、その中では国家主権も一定の制限を受けるというのが合衆国の考えです。だからロシアに対する非難は、ルールの整備がなされていないのに核兵器を使用したことであって、核攻撃そのものではないということになります、論理的に。

非難の根拠がルールの無視、それも確立されたルールではなく、検討中のルール違反となれば、制裁まで動くかどうかは微妙でしょう」

「それはＮＩＲＣから日本政府に報告してよい情報なのかな？」

「その判断は理事長にお任せいたしますが、僕の私見も多いので、公的な報告としては精度面で問題があると思います。少しでもＮＩＲＣの情報に傷があれば、鬼の首でも取ったように騒ぐ人もいるでしょうから」

「なるほど」

もちろん的矢は、加瀬情報を他の情報と比較検討し、確度の高い部分のみを報告するつもりだった。ＮＩＲＣの人脈は加瀬だけではないし、的矢自身もＩＡＰＯには人脈がある。

「私見ついでに加瀬君は、そのような核保有国のルールで核戦争のリスクを回避できると考えるかね？」

「核を保有しない先進工業国、たとえば日本のような国次第かもしれませんね」

加瀬は意外なことを言った。

「どういうことだね？」

「合衆国やＮＡＴＯの想定には一つ大きな見落としがある。オビックが先進国に大規模な橋頭堡《きょうとうほ》の建設に成功した場合です。前回は四八隻の宇宙船による侵攻というわかりやすい形でしたが、同じ戦術をオビックが用いるとは限りませんし、文明を構築したからには彼らも失敗から学ぶでしょう。つまりいつか我々の迎撃は失敗する。あるいはオビックは侵攻を成功させる。それが一部の戦力としても。

軍人や政治家は空からの攻撃に対して撃墜することばかり考えて、リソースをそっちに振り向けがちですが、迎撃に失敗した場合の対応策については考えようとしない。日本は特にその傾向が強い。鉄砲の話には饒舌なくせに、包帯の話となると沈黙する。

オビックが失敗から学ぶなら、遅かれ早かれ、主権国家は迎撃に失敗し、オビックは国土のどこかに拠点を構築するでしょう。そして迎撃に失敗したらどうなるかという想定の準備を怠《おこた》っているならば、オビックの拠点は規模を拡大すると考えるのは、そこまで無理な想定ではないでしょう。

たとえば日本で考えるなら、島国に多種多様な鉱物資源があります。その多くはコスト競争に負けて廃鉱となっておりますが、金属資源が確保できるのも事実です。アフリカ中央部の情報では、ミリマシンに鉱石精錬の能力がある可能性も指摘されています。

ですから自衛隊などが初期対応に失敗すれば、巨大な拠点が建設される可能性は否定できない。もちろん日本以外の工業国、それこそドイツでも韓国でも程度の差はあれ、同様のリスクはある。

そしてオビックが工業国を狙って宇宙船による侵攻を行なったことを考えるなら、工業地帯が一夜にしてチューバーの生産拠点になるかもしれない。その脅威は核攻撃を受けた鉱山地帯の比ではない。問題は、核保有国がそうした拠点に核攻撃を加えることが容認されうるかという問題です」

こいつは何を言っているのか？　的矢の率直な気持ちはそうしたものだったが、加瀬の意見に強く反発しつつも、論理的にそうした事態が起こり得ることを認めないわけにはいかなかった。

「日米同盟があり、日本が拡大NATOの準加盟国ということを考えるなら、アメリカは日本を核攻撃しないだろうし、中露が行えば核戦争になりかねない。それがドイツや韓国、その他の工業国であったとしても、基本的には変わるまい。想定としては考えにくいのではないか？」

「とは限りません。今回のアフリカ中央部へのロシアの核攻撃は、グローバルサウス諸国を強く刺激するでしょう。そうであるなら、北半球の先進工業国内でオビックとの戦闘が長引いた場合、グローバルサウスから公平性と公正さの観点で、そうした国々のオビック拠点に核攻撃を実行すべきという公論が起こるのは間違いないでしょう」

的矢は加瀬の見解に何と反論すべきかわからなかった。反論したいというのは感情だが、客観的に見れば、アフリカ大陸が先進国から核攻撃された現実により、核兵器使用のハードルは劇的なまでに下がったのだ。極論すれば今日の攻撃により、少なくとも戦術核兵器は通常兵器の仲間入りをしたと言っていいだろう。

「もちろん、グローバルサウスでこうした公論が起こることが、そのまま日本や他の国に核攻撃がなされることを意味しません。日本にも自前の防空戦力はあるわけですし、逆にグローバルサウスにはそこまで強力な核戦力はありません。

ですが、アフリカに四発もの核攻撃が行われたという事実は、日本に限らず先進諸国のオビック占領地への、核攻撃圧力として存在し続けるのは確かです」

「加瀬君、貴重な意見をありがとう」

的矢のそれは本心だったが、正直、聞きたくなかったというのも事実だ。加瀬の航空宇宙自衛隊内部での評判は芳《かんば》しいものではなかったらしいが、確かにあそこで彼のようにはっきりと自分の考えを述べる人間がいたら、それは煙たがられるだろう。

それでも理事会の人間が耳にしたくない話でもはっきりと指摘してくれるからこそ、加瀬は執行役員相当の仕事をしてくれていると言えるのだ。

とはいえ事は難問だ。基本的に外務省の仕事になるわけだが、グローバルサウスに精通した外務省職員は、他の先進国と比較して絶望的に少なく研究の層も薄い。ＮＩＲＣにしたところで、そっちの方面に関しては陣容は手薄だ。発足して数年では、できることにも限度がある。

この事実を政府に指摘するのも独立研究機関の任務であるが、いくつかの中央官庁との喧嘩を覚悟する必要があるだろう。

こうして的矢は時間までに検討事項を審議し、理事会を終了した。

二〇三X年七月一二日・筑波市内

筑波宇宙センター第三管制室の観測班長である長嶋和穂《ながしまかずほ》二等空尉は、センター内に建設された1LDKの個室で目覚めた。個室といっても、大型コンテナを住居に改造したもので、そんなものが積み上げられてアパートというか寮のようなものができている。ここからなら歩いて三〇秒で仕事に就ける。

こんなものが建設されたのは、彼女らのチームがオビックの地球侵攻を誰よりも早く察知したためだ。ただ一連の防空戦闘に関して、長嶋二等空尉らのチームの存在は防衛機密扱いとなり、防空戦闘の勝利は航空宇宙自衛隊宇宙作戦群本部の成果とされ、メディアに登場するのは宇宙群司令官八島隆一《やしまりゅういち》空将補だけだ。

そして第三管制室のメンバーに対しては職住隣接のためとして、この寮があてがわれていた。観測班員と海外メディアなどとの接触を防ぐためではないかという噂さえあったが、真相はわからない。限界まで働かされて、職住隣接の必要があるのも事実だからだ。

時計を見ると午後八時。二時間の仮眠はちゃんと取れている。しかし、眠りとともに意識が飛んだので、睡眠を取ったという自覚はない。

ともかく今日はアフリカでの核攻撃と、オシリスがそれにどう反応するのか、観測と情報収集で忙殺された日だ。あれこれ片付けて、八時半までには職場に戻らねばならない。

この寮で唯一褒められるのは食事であった。どこからか専門の料理人を雇っているらしく、職員のシフトに合わせて、高級な弁当が配られる。長嶋はそれを食べながら、タブレットで情報をチェックする。実家ならこんな真似は怒られたものだが、現下の状況ではマナーなど構っていられない。

加瀬からの通話の通知はまさにそんな時だった。アイコンにはIAPOのマークが表示されている。ほぼ盗聴不能の通信という意味だ。

「なんですか、加瀬さん？」

すでに長嶋は加瀬のことを階級では呼ばなくなっていた。

「チームごとアメリカに来るなら、俺が面倒を見るって言ったの覚えてるか？」

「もちろん」

「今週中に渡米できるか？」

「今週！　ちょっと何を言ってるんですか、そんな急に」

「チームが無理なら長嶋さんだけでもいい。俺のチームに入れば、宇宙に行けるぞ。行くのはオシリスだがな」

「不滅号ですか？」

「俺の口からは言えないな。言えるのは、今週中に渡米しないと、来週にはできないってことだ。日本のさる筋から俺に帰国しろという打診が来た。しかし、俺のボスが断固拒否してくれた。来週には長嶋さんのような高度な専門知識の持ち主は海外渡航が禁止されるらしい。決断するならいまだ」

「渡航制限の話はありますけど、焦らなくても、いきなりじゃなくて段階を経て行われるはずです。わかると思うんですけど、いま職場を離れるわけにはいきませんよ」

「人類を救った君らの成果を八島の野郎が独占している。そんなところに義理立ては不要だろう。親か誰か死んだことにして休んじまえ」

加瀬はいつになく執拗だった。そんな彼は、長嶋もあまり記憶にない。

「そうまで渡米させたい理由はなんです？」

「多忙なんでな。信頼できる右腕となる人材が欲しい」

「それだけですか？」

「一番大きな理由か？　俺の予想が正しければ、日本本土がオビックとの戦場になる可能性が無視できない。そうなってしまえば、渡航そのものが不可能になるだろう。飛行機が飛べる時間は長くないぞ」

以前なら笑い飛ばしていただろう話も、アフリカ中央部の核攻撃の話を知ったいまでは笑えるはずもなかった。そして加瀬の人脈を考えるなら、その確度は低いとは思えない。

「チーム全体を本当に受け入れてもらえるんですか？　それと具体的な雇用条件は？」

「資料はいま送った。明日、また連絡する。検討してくれ」

そう言って加瀬はタブレットから消えた。一瞬夢かと長嶋は思ったが、添付ファイルは確かに残っていた。

7　帰国

二〇三X年七月一三日・オビック飛行機

山岡は、飛行機の目的地を金鉱山から日本に変更すると宣言した。理由は鉱山が攻撃されたためだという。しかし、それがどうして日本に向かう理由となるのか？　それがわからない。しかし、山岡はそれ以上の説明をするつもりもないのか沈黙したままだ。

せいぜい数十キロの飛行距離が、最短でも一万キロを超えるルートになったのだ。飛行機の速度はわからないが、早くて半日、遅ければ二日三日かかっても不思議はない。宇宙に行かないだけマシなのかもしれないが、本隊とは引き離され、喜べる状況ではない。

そして山岡が本気で日本に向かっているらしいのは、機内の変化でもわかった。何もない倉庫に見えた機内で壁が剝離した。それはすぐにチューバーとなった。

「ここで我々を殺すのか！」

島崎は日本語で叫んだが、山岡は表情も変えず、ボカサとアナイスはチューバーよりも、彼の叫びを恐れているようだった。どうやらこの飛行機では壁面からチューバーが剝離してくることなど、珍しくないらしい。

しかし、驚くのはまだ早かった。剝離したチューバーは再び組み合わさって隔壁のようになり、機内に小スペースが生まれたのだ。そこは一メートル四方くらいの空間で、便器のようなものがパイプを組み合わせて設置されていた。人間との接触により、トイレが必要なことは学んでいるらしい。

それでも食事は期待できそうになかった。壁が剝離してチューバーからトイレを作ることはできても、チューバーはさすがに食べられない。

一応、任務中であるので、携行糧食としてシリアルバーと飲料水パックは持参しているが、食料になるのはそれだけだ。ボカサとアナイスは本当に手ぶらで乗り込んだようだ。

「食事の用意はないとしても、飲料水になるものはないのか？」

島崎は山岡に要求する。要求しつつも、ちゃんと話が通じるのか不安だった。こいつは本物の山岡ではなく、よくできた偽物だからだ。案の定、山岡は何も返答しなかった。

そこでいきなりボカサとアナイスが悲鳴を上げ始めた。悲鳴はすぐに意味不明の音になり二人は床に倒れ込む。

陸自でも倒れた人間をどうするかの訓練はしてはいるが、そこまで重視はされていないし、島崎のように一等陸佐ともなれば救護だのなんだのとは遠い昔の知識だ。倒れる二人をなす術もなく眺めることしか島崎にはできなかった。

しかし、それが幸いしたのかもしれない。ボカサとアナイスの表面に蟻のような動く砂のような、何か小さなものが現れて、たちまち二人の人間の表面を覆い尽くす。それは島崎の目の錯覚でなければ、二人の口から黒いものが溢れ出て、身体を覆ったように見えた。そうして三〇分ほどの間に二人の人間の姿は縮小し、最終的に黒い砂のようなものは床に吸収されて消えた。

島崎には既視感があった。あの擱座《かくざ》したT34戦車の調査を行なった大垣曹長は戦車内の液体の中で消えた。あの時も戦車に溜まっていた水の中にいま見たような砂つぶがあった。あの戦車の中の液体は、あるいは戦車兵だったのか？

それを裏付けるかのように、山岡が近づいてきた。いつの間にか手には金属製の水筒のようなものを持っている。

「水」

山岡はそれだけ言って島崎に水筒を見せた。中に水が入っているのはわかったが、飲めるわけがなかった。入っているのは水分子だけだとしても、いまこの状況でその水を飲むのは食人と同じではないか。むろんボカサとアナイスを解体して抽出した水であると決まったわけではないが、気持ち的に飲めるものではない。

機内はこうして二人だけになったが、会話はないし、少なくとも島崎は会話を試みる気にはなれない。いっそ目の前にいるのが島崎の知っている山岡二等陸尉ではなく、見たこともない怪物なら、まだ気持ちの整理のしようもある。怪物なら倫理観や人間性など最初から期待などしない。

だが人間、それも自分の知っている人間に酷似した存在が、その行動においてまったく人間の理屈が通じないとなれば、そこには恐怖しか感じられないのだ。

島崎が水筒を受け取らないとわかると、山岡はそれを無造作に捨てた。軽金属の転がる音とともに水が溢れるが、それは床に染みるように消えてゆき、それだけでなく水筒も床に溶け込んだ。

——こいつは日本で何をする気だ？

オビックの支配地域を人類に攻撃されたことで、山岡はこの飛行機で脱出を図った。

「この飛行機は」と言ったところを見ると、他にも飛行機があり、それは日本以外に向かっているのだろう。それが何機あるかはわからないが、この飛行機でさえ一万キロを航行できるなら、他の飛行機も同じだろう。ヨーロッパや北米地区に向かっても不思議はない。

しかし、まさにそうした地域は徹底した防空監視と対空火器が整備されている。今回の一連の出来事にしても、ヨーロッパとアフリカの防空体制の実力の差が背景にあるだろう。ミサイルを受けた宇宙船もアフリカではなく北米に飛んでいたら、そのままとどめを刺されたはずだ。

それを考えたら、山岡がこのまま日本に行くとすれば、この飛行機は撃墜され、自分もまた命を失うだろう。つまり、いま死に向かって飛んでいるのだ。

このことについて島崎はそれほど感情を動かされなかった。目の前で二人の人間が死んだばかりということもあるし、遡れば大垣曹長の殉職がある。島崎が自衛隊に入ってそこそこの年数になるが、訓練を含めて人の死を目《ま》の当たりにすることは稀だった。

大隊長時代の演習で、虐《いじ》めの報復で後頭部を狙撃された曹がいたが、それとて現場を見たわけではない。何とか危機とか何とかの脅威という言説は何度も繰り返されてはいるが、現実に自衛官が死ぬ瞬間に居合わせることなどないに等しい。佐官クラスならなおさらだ。

しかし、この二週間足らずの間に自分は何人もの死を目の当たりにした。そのいずれもが尋常ならざる死に方をしている。そうした中にいると、自分の乗る飛行機が日本のミサイルで撃墜されるくらいは、まだまともに思えるのだ。

「いまどこを飛んでいる?」

島崎は山岡に尋ねてみた。返事が来るとは思っていないが、何かアプローチがあるかもしれない。しかし、機内は完全にIDSPから遮断されている。ここで驚くべき発見があっても、伝える術がない。島崎は自分の命よりも、知り得た情報を伝達できないことが悔しかった。コミュニケーションが困難ではあるが、目の前にいるのはオビック情報の塊なのだ。

「いまここ」

意外にも山岡と意思疎通ができた。ただそれは完全ではなかった。島崎のいる側の壁がスリット状に透明になった。島崎はすぐに窓に飛びつく。飛行機は洋上を飛んでいる。時間から考えておかしくはない。

ただ驚くべきなのは、その飛行高度だ。少なくとも全長で二〇メートルはあったはずのこの飛行機は、海面より数十センチという極端な低空を飛行している。島崎は揺れも何も感じなかったが、飛行機自体は低空飛行すぎて何度も波を被っていた。

こんな低空で飛行できる技術もさることながら、この低空を維持していたらどこの国だろうとレーダーには探知されまい。この飛行機より大きな船舶などいくらでもあるし、上陸直前に減速すれば、港湾管理のレーダーにも怪しまれないだろう。少なくともミサイルが飛んでくるようなことはない。みんなはオビックに備えて上を向いているのだから。

現在位置はわからない。いまの山岡とのやりとりからも「現在位置」をこちらの意図するように解釈してくれそうにない。ただ経過時間と飛行機の速度から推測すれば、インド洋を通過中でモルディブ周辺と思われた。

超低空飛行を続けていたが何度か針路を変えた。付近を航行する船舶か何かとの接触を避けようとしているのか。

しかし、そうだとすると日本までの航路はかなり限られる。最短ならマラッカ海峡を通過することになるが、世界でも有数の交通量が多い航路帯を通過すれば、レーダーがなくとも肉眼で目撃されよう。それならばインドネシアのスンダ海峡となるが、ここも同様に交通量が多いので状況はあまり変わらない。

あくまでも隠密行動を優先するなら、オーストラリア大陸の南側までさがり、その後に日本列島まで北上する。選択肢として考えられそうなのはそんなところだ。

だがそうなると日本に到着する時間はさらに長引く。それに日本本土に上陸するとなれば、やはり発見され、撃墜されるのではないか。超低空をこんな機体が移動すれば、レーダーどころか監視カメラの対象だ。

しかし、飛行機は予想外の針路をとった。インド洋を東進し続けた飛行機は、マレー半島に上陸すると森林などの上を相変わらず超低空で飛行し、横断した。それから南シナ海に抜けて、北上し始めた。もっとも、方位については太陽の位置からの推定であった。

この間も山岡は島崎と会話を交わそうとはしなかった。飛行機を操縦しているわけでもなく、ただ立っているだけだ。島崎も何度か話しかけてみるが、返事はほとんどない。世間話のようなものは、山岡には期待できないようだ。

そうして島崎は手をつける。空腹はまだしも喉の渇きが我慢できなくなってきたからだ。シリアルバーとパックに入った一〇〇ミリリットルほどの水を飲む。食料はこれでなくなった。ふと思ってゴミを床に捨ててみた。すると黒い砂のようなものが群がったかと思ったら、すぐに床の中に消えてしまった。機内に塵ひとつないのは、こういうことか。

しかし、そこで島崎は疑問が芽生えた。どうして自分はあの砂のようなものに分解されないのだろう？　分解されるものと分解されないものの基準があるのだろうが、山岡が不要と判断すれば島崎もたちまち分解されてしまうということだ。

むしろ山岡が何のために自分を日本まで運んでいるのかそれがわからない。オビックの占領地が攻撃されたことが目的地変更の理由としても、それなら島崎を放り出してもよかったはずだ。

もう一つの疑問は、一ヶ月にも満たない期間ではあったがオビックに率いられた人間たちは、ロシアの民間軍事会社やフランス軍との戦闘に耐え抜いた。もちろん持久戦が戦えるほどの戦力はなかっただろうが、ここに来て攻撃を受けたことを理由に、山岡が占拠地を放棄するというのもよくわからない。フランス軍の拠点を借りている中では、状況がそこまで動いていたという認識はなかった。

むしろ現地の人たちは、汚職もなく安定したオビックの統治を総じて支持していたという報告の方が多かった。それがなぜ山岡は飛行機で占領地から逃げ出したのか？　結局のところ、自分は一小隊長に過ぎず、現場にいたとしても何が起きようとしているか、まったく把握できていなかったのだ。

そうして数時間後、島崎は飛び起きた。いつの間にか床に寝ていたらしい。吸収されたボカサらのことを思い出し、まず自分が無事か確認する。それですっかり目が覚めた。

「何時間寝ていた？」

山岡は島崎の方に顔は向けたが返答はない。ボカサやアナイスがいなくなってからコミュニケーションは著しく困難になった印象だ。特に時間にかかわる概念はほとんど反応がない。それは言葉の問題なのか、オビックの時間認識の問題なのかはわからない。

どうやら相当寝ていたようだ。東の空に陽が上ろうとしている。さらに遠くには船舶らしいものにいくつも朝日が反射しているのが見えた。船舶が多いというのは航路帯に近いということで、おそらくかなり日本に接近しているのだろう。

そのためか飛行機はかなり速度を下げている。超低空を疾駆するように進んでいたのとは打って変わって、その辺の船舶並みの速度で移動しているようだ。そうして島影も増えてくる。ただ陸自の人間だけに、ここがどこなのかがまるでわからない。島嶼《とうしょ》だけでは太平洋側なのか、日本海側なのかさえ見当がつかない。

そうして飛行機は唐突にどこかの海岸に着陸した。早朝だからか周囲にあまり人はいないように見えた。そして機体後部のハッチが開く。山岡は何も言わなかったが、身振りで外に出るよう促していると島崎は解釈した。

そのまま外に出る。朝日は陸地側で海側にはないから、どうやら日本海側のどこからしい。そう思ったとき、ハッチが閉鎖され、島崎は取り残される。離れた場所で、何人かの住人たちが島崎を指さしている。そして熱風をたらふく浴びせながら飛行機は東の方に飛んで行った。

「捨てられたか……」

なぜか島崎はそんな印象を持った。結局、山岡は自分に対して何をしたかったのか、それがわからない。ともかく海岸をしばらく進むと、看板があった。「石見《いわみ》海浜公園」と描かれている。自分はいま島根県にいる。

「さて、どうするか……」

原隊に連絡するのが一番だが、私物のスマホは一万キロ彼方のアフリカだ。電話をしたいが、昔あちこちにあった公衆電話は見当たらない。通話に必要なカードの類もない。何よりもスマホに番号登録してあるので、原隊の電話番号を覚えていなかった。

しかし、途方に暮れていた時間は短かった。パトカーと救急車のサイレン、さらには自衛隊の軽装甲車とトラックが海岸へとやってくる。自分を迎えに来てくれたかと思ったが、すぐに違うということがわかる。

警察はハンドマイクで一般市民に避難するよう誘導している。そして、自衛隊員が自分に銃を向けて包囲する。

「自分は第一特別機動偵察小隊の小隊長、島崎恒雄一等陸佐である！」

彼は両手をあげて分隊長らしい曹長に叫ぶ。

「一等陸佐が小隊長なわけがあるか！　宇宙人が！」

分隊長が一喝する。

「第一特別機動偵察小隊は、特別任務でアフリカに派遣された部隊だ。調べてみればわかる！」

「核攻撃されたアフリカからどうやってここまでやってきたというのだ！　お前が宇宙船から海岸に降り立ったのを目撃した市民が何人もいるのだぞ！」

「それは……」

島崎は悟る。わからず屋め、と思うものの、客観的にみればこの分隊長の反応こそが正常だ。しかし、彼はいま聞き捨てならないことを言わなかったか？

「核兵器が使用されたのか？」

「お前らが一番よくわかっているだろう！」

こうして島崎は、宇宙人と疑われたまま陸上自衛隊出雲駐屯地の第一三偵察戦闘大隊に連行された。そして専門家チームの検査を受けることになる。

二〇三X年七月一三日・陸上自衛隊出雲駐屯地

ＮＩＲＣの医療・公衆衛生担当理事である荻野《おぎの》美恵《みえ》とそのスタッフが、機材を載せたトラックとともに駐屯地の門を通過したのは、ほぼ一二時ごろのことだった。

防衛省から一報を受けると同時に、荻野は神戸分署にある移動ラボを先行して出動させ、自分たちは出雲市内でピックアップしてもらうスケジュールで移動した。東京からヘリコプターで石見空港に移動し、そこから手配した自動車に分乗し、移動ラボと出雲駐屯地前で合流という流れだ。

分散して移動している間もIDSPにより情報共有はなされているので、何を調査すべきか概《おおむ》ね方針は立っていた。

遠いアフリカとはいえオビックに対して核兵器が使用されたという事実は、出雲駐屯地の空気の違いとして荻野にも感じられた。すでにオビックの宇宙船による攻撃を世界がミサイルで阻止したという現実がある。その中で撃ち漏らした宇宙船が地上に基地を建設し、それに対する核攻撃がなされたことで、オビックとの戦闘で失敗は許されないという空気が作られつつあった。

もっとも移動中に確認した各種メディアを見ると、自衛隊などとの空気とはまた違っている。近年の傾向としてTVをはじめとする報道機関では、海外ニュースが極端に減っていた。報道各社のコスト削減圧力により、手間のわりに数字が稼げない海外ニュースは敬遠される傾向にあった。

特に地域紛争などはその文化的背景や政治風土などの専門性が要求されるが、まさにそうした人材育成がコストカットの対象となるため、海外情報は素人記者が担当となる。不正確な情報は専門家から間違いを指摘され、そうした炎上騒ぎはスポンサーの心証も悪くなるとなれば、ますます海外情報は少なくなる道理だ。

とはいえアフリカ中央部の核兵器使用は各メディアで扱ったものの、背景をちゃんと説明できる記者も払底しているため、記者クラブでの政府発表をそのまま流すしかない。そして現時点での政府発表は「アフリカ中央部で治安維持にあたっていたロシアの民間軍事会社がオビックの攻撃を受けたために、ロシア軍が敵の基地である鉱山に対して戦術核兵器による報復攻撃を行い、敵を一掃した」という趣旨のものだった。すでに閣議決定がなされているのでオビックは敵というのが政府見解だ。

ただ「どうしてロシアの民間軍事会社がアフリカにいるのか?」とか「その鉱山を管理していたのは誰なのか?」、あるいは「鉱山を保有する国の主権はどうなのか?」というような疑問に答える番組はなく、そもそも記者クラブにそうした問題意識はなかった。

TVなどを見ている限り、やはり全般的に消化不良の報道であり、結果として出所不明の情報の方が公式報道の数倍の情報量で流れており、国民の多くは核兵器使用そのものよりも、信頼できる情報の欠如に怯えているのが実情だった。

荻野はNIRCの理事として、緊急理事会にもリモートで参加し、かなり詳細な情報を把握していたが、メディアやネットに流れる情報は控えめに言ってもノイズばかりだった。

核攻撃という明確な事実でさえ、ロシアではなく、オビックによるものとかアメリカの原潜の攻撃という説まで流れている。場合によっては国営メディアまで意図して不正確な情報を流していた。このような事実認識の乖離《かいり》具合こそ最大のリスク要因ではないかという気がしていた。

オビックと人類の闘争がどのような形で終わるにせよ、相互に意思の疎通ができる段階が不可欠なはずだ。しかし、人類の側にこれだけの情報ギャップがあり、それが認知格差を生み出す時、オビックとのコミュニケーションなど可能なのか？　と思うのだ。

荻野たちは二トントラック三台で駐屯地に入った。少し前は大型トラック一台でまとめていたが、常にすべての検査機器が必要とは限らず、効率が悪いのと小回りが効かないのでいまの形に変えたのだ。

「よろしくお願いします。警務隊の吉川《きっかわ》です」

駐屯地の応接室に案内された荻野とスタッフの中小路《なかこうじ》は、実直そうな自衛隊幹部に迎えられた。自衛隊側も突然の島崎の登場で、色々と大変なのだろう。担当者は吉川正雄《まさお》二等陸尉と名乗る人物一人だけで、大きな鞄の中から関係資料を取り出す。大急ぎで荻野のために資料をプリントアウトしたようだ。ただ機密管理の関係か、一通り目を通したら返却するように言われた。

「例のアフリカに現れた山岡二等陸尉と名乗る人物ですが、防衛省の記録では実在していた人物です。ただ、あの兵庫県の戦闘で殉職しました」

「山岡二等陸尉については存じております、検死担当は我々でしたので」

「それでしたら話が早い。

問題の島崎恒雄一等陸佐という人物も実在します。彼はアフリカ中央部へ、国連平和維持軍として派遣されていました。彼は山岡の部隊の連隊長でもあり、問題の山岡が本物かどうかを調査するのも任務の一つでした。山岡と名乗る人物と接触したところ、鉱山に対するロシアの核攻撃があり、それに伴う混乱で行方不明です。部隊そのものは無事ですが、指揮官だけが行方不明なのです」

「その人物が一万キロ離れた日本に翌日現れたと。だから本人なのか別人なのかを調査しろということですね」

「防衛省としては、そうなります」

荻野も吉川も、島崎がオビックのミリマシンにより複製された可能性については触れなかった。心情的に触れたくないのと、荻野が呼ばれた理由である「本人確認」とは、身元確認以前の「人間か否か」という問題であるからだ。

「本人は、いまどこに？」

「医務室に臨時で隔離しています。必要であれば移動は可能です。状況はこうなってます」

応接室のリモコンを操作すると、TV画面に医務室とそこに収容されている島崎の姿が映っていた。画面の隅には防災用の簡易トイレもある。

「あのトイレは？」

「排泄物の調査も必要かと思い、自分が用意させました」

「ありがとうございます。助かります」

荻野は頭を下げる。調査活動でなかなかここまで頭の回る人は多くない。排泄物検査が必要かどうかは荻野もなんとも言えなかったが、情報が圧倒的に少ない現在の状況では、この検査が無駄であったとしても、一つの情報になる。

「資料によるとオビックの宇宙船が着陸し、中から彼が現れ、島崎恒雄一等陸佐と名乗ったわけですね？」

「そうです。早朝でしたが出勤途中の人やジョギング中の人など二〇人前後が現場を目撃しています。生憎《あいにく》とこちらにはまだ映像資料は届いていませんが」

「映像があるんですか？」

そう尋ねて荻野は、それを愚問と思った。いまどき二〇人も目撃者がいて宇宙船が着陸すれば、スマホで写真や動画撮影など当たり前の行動だ。

「ええ、目撃者のほぼ全員が写真なり動画なりを撮影しているんですが、いまそれらは警察にあります。不法入国の証拠ですから。宇宙人の地球侵略なら防衛出動の対象ですけど、人を下ろすだけだと警察管轄なんですよ。そもそもあの宇宙船が人類のものかオビックのものかという判断も必要になりますしね。自衛隊が出られるのは、それがオビックの宇宙船とわかった時だけです。

　いやわかってるんですよ、法律の整備なんて一ヶ月やそこらじゃできないってことは。だから証拠は警察に、自称島崎の身柄は自衛隊にって現場判断です。そうやって法律の不備を埋めてゆく」

　吉川は自衛隊でも珍しい法務官であるという。世間からはあまり注目を浴びていないが、自衛隊内でも法務官は多忙という。確かにオビックがやってきたら不法入国という問題は生じるだろう。

　画面の中の島崎は見慣れない迷彩服を着用していた。兵庫県の山中で自衛官の検死をした時に見た迷彩とは随分違う。山岡の部隊の連隊長というのだから迷彩服は同じでなければならないはずだ。それは吉川が説明してくれた。

「第一特別機動偵察小隊はアフリカでの任務を想定しているので、彼らの迷彩だけは米軍から提供してもらったんです。自衛隊の迷彩は基本的に日本の国土に合わせてあるので、アフリカ中央部では却《かえ》って目立つんですよ。だからこの迷彩服は自衛隊の制式のものではないからこそ、整合性があるんです」

荻野は改めて確認する。どうも話は一筋縄では行きそうにないからだ。

「あのぉ、私が直接話しても差し支えありませんか？」

「やっていただけるんですか？　あのトラックに移動するのかと思ってました」

「必要ならそうします。しかし、各種の機械類にかける前に、問診……いや、面接で確認できることも多いので」

「なら、お願いいたします。やり取りはこちらでも監視してますので、何かあればすぐに駆けつけます。そちらの助手の方も？」

「いえ、中小路さんは、外で待機です。一対一の方が相手を警戒させないので。もちろんそれは人間の場合ですけど」

こうして吉川に案内され、荻野は医務室に向かった。実際には備品保管庫を急遽、医務室に改造したらしい。逃げられないためと、防疫の関係らしい。ドアは一つで窓もハメ殺しのものがあるだけだ。

部屋の大きさは六畳ほどで、保管庫の棚を撤去したのだろう、床には明らかに色の違いがあった。昭和の趣さえ感じさせる白壁の部屋にテーブルと椅子だけがあり、そこに島崎が座っていた。吉川はすぐにどこからか椅子を一脚持ってきて、あとは荻野を残して外に出た。

「医官じゃないんですか。もしかして自分は精神疾患か何かを疑われているのですか?」

いいえ、あなたは人間かどうかが疑われています、そんな言葉が浮かんだが、むろん口にできるわけがない。

「本人確認のために呼ばれました。自己紹介が遅れましたが、NIRCの荻野美恵と申します」

「あぁ、お久しぶりです。その節はお世話になりました」

島崎は頭を下げた。荻野は最初意味がわからなかったが、思い出した。彼女は島崎と面識があったのだ。山岡二等陸尉が指揮していた第一機動歩兵小隊は、伊丹駐屯の第三六普通科連隊傘下にあり、その連隊長が島崎だった。

そして荻野はリモートではあったが、検死報告を島崎にも提出していたのだ。荻野は忘れていたが、島崎は覚えていてくれたらしい。これはかなり重要な情報だ。

荻野でさえ忘れていたことを指摘するとは本物の島崎でなければ不可能だ。仮にこの島崎と名乗る人物がオビックによる複製であったとすれば、これほどの複製を製造できる時点で、人類に勝ち目はないだろう。記憶まで共有できる複製を作れるのであれば、オビックは不死を実現することだって十分にあり得る。

「本人確認というと、自分が本物の島崎恒雄であるかどうか、要するに山岡と同類かどうかの確認ですか」

「そうなりますね」

荻野は個人的な心証として、島崎は本物だろうという印象を持った。もちろん心証だけで結論は出せないのであるが、やはり荻野も忘れていた記憶を島崎が知っていたという事実は大きい。それとアフリカ中央部で目撃された山岡は、人間とのコミュニケーションが困難だったという報告があった。そうした報告からすれば島崎の反応は山岡とは違う。

「あなたは任務地で山岡二等陸尉と接触したそうですが、その時の印象として山岡は本物でしたか？」

「本物なわけがありません。私はＩＤＳＰを介して、彼がチューバーに刺し殺される瞬間を目撃しているんです。だから彼が偽物だということには確信を持っていました。

ただ荻野さんから遺体の消失という話も伺ってましたので、万が一の可能性を確認する必要性は感じていました。まぁそれに、私が何をどう思おうと、命令が出たら従わねばなりませんから」

そうして島崎は荻野に促されるまま、現地での活動について語り出した。いきなり命令でアフリカ中央部へ小隊長として赴任したこと、大垣曹長という部下が擱座した戦車の中で溶けて亡くなったこと、そしてボカサとアナイスに遭遇し、山岡との面会が叶い、飛行機で移動中に金鉱山から日本へ目的地が変更され、島根県で降ろされたことなどだ。

「島崎さんを降ろして、山岡と名乗る人物はどこに向かったのですか？」

「それはわかりません。機内ではほとんど会話が成立しなかったので。ボカサたちを分解してからは、著しくコミュニケーションが困難になった気がします」

島崎の話は作り話とは思えなかったし、自分たちの知り得た情報とも矛盾しない。ただ山岡がミリマシンで分解された事実や、アフリカ中央部に山岡と名乗る人物が現れた事実も島崎は知っている。だからそうした情報を元にして作り話を証言されても、反論は難しい。ともかく山岡本人と直接会話した人間が数えるほどしかいない中で、島崎の話を検証するのは容易ではない。

それでも彼の話が事実であるとすれば、そこに含まれている情報は、オビックやそれに複製された人間について判断する上で貴重なものであるのは確かだ。

「一つ、質問させていただけますか？」

「何でしょうか、島崎さん？」

「誰も教えてくれないのですが、核攻撃は本当にあったのですか？」

荻野は監視カメラへと視線を走らせる。その情報を開示することが問題とは思えなかったが、自衛隊には自衛隊の規則もあるだろう。誰も教えていないというのは、島崎に対してロシアの核兵器使用は伏せられているとも判断できる。

「それは山岡が言っていたのですか？　核攻撃を受けたから針路を変更すると？」

「いえ、山岡が言ったのは、ええとですね、鉱山が武器で攻撃され使用不能となった。だから我々はこの土地を放棄し、日本と他へ向かう飛行機もあるというような説明を受けました。山岡から直接は核攻撃の話は聞いていません」

それを言ったのは、私を拘束した警務隊の人間です。ただ不用意にそうした情報を相手に提示するというのは、本来ならあり得ないわけです」

荻野がカメラに視線を向けた意味を吉川は理解してくれた。彼女が話を繋いでいる間に、彼は「時間になったので第一回の面接はここまでです」と彼女を室外に導いた。島崎は連隊長だった経験からか、そうした吉川の行動に異を唱えるでもなく大人しく従っていた。

「やはり核兵器の使用については、まだ非公開なんですか？」

それに対して吉川はややバツが悪そうに答えた。

「島崎がオビックのスパイかもしれないっていう人たちがいましてね。こっちの核攻撃の情報を教えたら、オビックに伝わるかもしれない。そういうことで、この件に関してはNGです。あの警務隊の曹長も厳重注意ですよ。

しかし、実際のところどうですか？」

「吉川さんもご覧になったと思いますけど、島崎と名乗る人物は、どう見ても普通の人間です。アフリカで目撃された山岡とはまるで違う。面接だけですべてわかるわけじゃありませんけど、スパイの可能性は非常に低いと思います」

「たとえば洗脳されている可能性とか？」

「アフリカで目撃された山岡の行動パターンを信じるなら、オビックにとって人間とは未知の存在で、その意識の構造などほとんど何もわかっていないと思われます。そして山岡と島崎のコミュニケーション能力の乖離は著しい。

つまりオビックが島崎を洗脳できるほど人間の意識について通じていれば、山岡の性能を改善したはずです。しかし、そのような報告はない。

島崎も山岡の命令について、コミュニケーションを取れる人間が仲介する必要があったと報告していますし、これは他の報告とも一致しています。オビックは洗脳ができるほど人間について知らないと判断するのが妥当でしょう」

しかし、吉川は荻野の説明に納得していなかった。

「ですが先生。あっ、先生とお呼びしてよろしいですか？」

「構いませんけれど」

「なら先生。オビックは人間のことを何も知らないのに、どうして人間を複製できたんですか？」

「そうですね……吉川さん、お料理とかなさいます？」

「はい、共稼ぎですから。それが？」

「自衛隊カレーって有名ですけど、ご自宅で作れます？」

「自分はスープカレー派なんですけど、作ったことはあります。それが？」

「肉野菜を切って、煮て、カレーができるまでのプロセスは分子レベルの化学で解析すれば非常に複雑です。ただそのレベルで解析すれば、アミノ酸の調整などによりミシュラン店顔負けのカレーになる。

　しかし、カレーを作るのにスパコンを持ち出して、有機分子のシミュレーションを行う人間はいない。レシピ通りに作れば、まぁ、美味しく出来上がる。鍋の中でどんな化学反応が起きているのか知らないとしても」

　吉川はそれで理解できたようだった。

「なるほど。人間がまったくわからないからこそ、オビックは山岡を細胞レベルで完全にコピーした。ただし人間がどんなふうに意識を生み出し、維持しているかはわからないから、コピーした山岡は反応がおかしいと。つまり完コピこそ、わかっていない根拠なのですか」

「私はそう解釈しています」

吉川は荻野の話に感心したようだったが、「ここまでの調査結果を上に確認する」と言い残して、彼女とスタッフには車両で待機するように指示した。

荻野らが持参した二トントラックは、停車すれば荷台のコンテナ部分が左右に拡張し、室内面積を二倍にできた。三台のうち一台はMRIやCTを載せた非破壊検査装置関連、もう一台は一般的な生化学検査などの分析を担当し、残り一台がNIRC本部との通信連絡とスタッフの休養に充《あ》てる本部車だ。緊急時には簡単な外科手術を行う能力もあった。

荻野たちはとりあえず本部車で待機する。中小路が駐屯地の購買でスナック菓子などを仕入れてきた。

とりあえず荻野は島崎に関する情報共有を行い、彼が人間であることをどう証明するのか？　という議論になった。結論として島崎が精神的に操作されている可能性は低く、よしんば何らかの洗脳が行われていたとしたら、それは自衛隊内もしくは医療機関で監視し続けるしかない。だからNIRCにいまできるのは、肉体として異常の有無を非破壊検査で判断することだけだった。

「しかし、遅いわね」

荻野は、待機を指示されてから三時間が経過していることに気が付く。その頃にはNIRCの本部から、飛行機が着陸する一部始終を海岸で撮影していた複数の目撃者からの映像資料が届いていた。

警察なのかNIRCなのか、映像は編集され、三分ほどの動画に収まっていた。それは不思議な映像だった。巨大なアイロンのような航空機が、洗濯物ではなく、海面を滑らかにするかのように驚くほどの低空で飛んでいる。海面との隙間は五〇センチもないように荻野には見えた。

それは海岸に着陸し、島崎が降りると、そのまま蒸気を噴出するような音とともに、低空を森の方に消えていった。

その映像は理事だけが閲覧できる参考資料の共有サーバーにあげてあり、NIRCのビジネスチャットツールには幾つかの質疑応答があり、低空すぎてレーダーに察知されなかったとか、兵庫県方面に飛んでいったが、空自の偵察機でも発見できなかった、などの付帯情報があった。

海岸からしばらくは森林の樹木が倒れていたところもあったが、オビックの航空機は高度をあげたのか、自衛隊の偵察機でも確認できなくなったという。もっとも高度一〇メートルも取れば森林に接触することは稀だろうし、レーダーで発見できる高度には至るまい。

そうした情報をスタッフと確認しているとき、吉川がやってきた。

「すいません。そちらにも命令が行くと思うのですが、機材だけ貸していただけますか？　検査機器の操作は自衛隊病院の側で行いますので」

「私たちの機材を、あなたたちが操作するというの！」

それは荻野には寝耳に水の話だった。それを問い合わせようかという時に、的矢からスマホに連絡が入る。的矢が口を開く前に荻野は問い詰める。

「理事長、どういうことなんですか？　我々の機材を自衛隊病院の人間に使わせるというのは！」

「政府の安全保障会議の決定だ。法解釈の問題だ。警察は不法入国者として島崎と名乗る人物の身柄を確保したが、自衛隊員と名乗った関係で、調査は自衛隊が行うこととなった。島崎はアフリカに派遣されていた人物だ。それが勝手に帰国したことで話が非常に面倒になった。

情報は公開される。だから機材の管理を一時的に自衛隊病院の側に渡してほしい。政府も早急なデータを求めている。頼む」

吉川の「島崎は不法入国者」という言葉が、ここまで面倒な話になるとは荻野も思わなかった。しかし法律となれば、ある意味自然な展開なのかもしれない。誰だって、海外に派遣された自衛官が異星人の宇宙船なり飛行機で帰国するような状況まで想定していない。

それよりも荻野が事態の深刻さを感じたのは、的矢の「頼む」という一言だった。彼とは国境なき医師団の頃から親交はあった。だからそれなりに的矢という人物はわかっているつもりだ。その彼が自分に「頼む」と頭を下げてきた。こんなことは初めてだ。

「わかりました。彼らは機材の使い方はわかってるんですね？」

「型式と基本的なスペックは伝えてある。野戦病院の機材に同じものがあるそうだ」

「そうでしょうね。世界的なベストセラー機を選んでます。部品の入手も容易なので。わかりました、理事長の指示に従います」

「ありがとう」

いつもなら「これは貸しですからね」と言うところだが、それが言える状況でないのは荻野にもわかっていた。

こうして自衛隊病院からやってきたというスタッフが、荻野たちのチームの機材を操作し始めた。データは公開するとのことだったが、どうやらそれは検査結果についてで、途中プロセスは公開されないらしい。オビックに関わる案件であるため機密管理が厳格化されるようだ。もっとも自衛隊病院の医官が漏らした内容から推測すると、防衛省の次官クラスの中に厳格運用を叫んでいる人間がいるらしい。

最初に検査車で採血や身体測定などが行われ、その後、CTやMRIなどによる非破壊検査が行われる。発電機がフル稼働し、非破壊検査が始まったようだった。ただ荻野たちは本部車の中で、発電機の音を聞いているしかない。

そんな時に、自衛隊の医官が血相を変えて、荻野たちの本部車にやってきた。

「機材トラブルだ！　島崎の様子が急変した！」

「何ですって！」

それは信じがたい話だった。いまどきCTのトラブルなんてそうそう起きないし、まして被験者の容態が急変するなどあり得ない。

しかし、検査車内に入って荻野は絶句した。

「あなたたち、島崎さんをいきなりMRIにかけたの！　どうして先にCTで検査しないの！　我々が用意した検査手順書があったでしょ！」

「上から、すぐに検査結果を寄越せと言われていたんだ」

言い訳をする医官を押しのけて、荻野は自分のスタッフで残りの処理を行う。

「中小路くん、全部記録して！」

それを責任追及と解釈したのか医官の代表が止めようとしたが、それを荻野は一喝した。

「記録なしで、どうやって事故の再発を防げるの！」

すでにＭＲＩは異常を察知して検査を止めている。

「島崎さん、聞こえますか！」

荻野が呼びかけても、島崎から反応はない。瞳孔は開きかけ、呼吸はとまりかけ、心電図をとると大幅に乱れている。何よりも、全身にチアノーゼが広がりつつある。

「先生、これは……」

中小路には何が起きたのかがわかったらしい。

「だから手順通りにＣＴからやらないと駄目なのよ！　とっとと出ていけ！　あとのことは我々がやる！」

どうやら荻野たちを呼ぶ前に何か施術を試みようとしたらしいが、症状が急激に悪化したことで、何もできなかったらしい。緊急にレントゲン写真を撮影すると、荻野の予想通りだった。血栓を溶解するための薬剤投与を試みたものの、焼石に水だった。そして島崎はそのまま息を引き取った。

荻野は自衛隊病院から派遣された医官ではなく、的矢に状況を報告した。

「幸いにも医官たちの施術についての記録は、車内カメラに残っていました。あと中小路くんが撮影した我々の記録についても送ります。ＮＩＲＣにとっては身を守るための武器になります」

「何が起きたんだ？」

「兵庫県の検死は覚えてますね。山岡の死体が消えた時です。あの時、ミリマシンが磁場に強く反応したことで、死体はＣＴで検査し、ミリマシンが検出されないものだけをＭＲＩにかけるという手順を確立しました。

それで島崎は、私と会話を交わした時には、普通の人間でした。頭の回転は連隊長を務めるほどですから、かなり速いという印象です。

ですが、彼はどこかのタイミングで身体にミリマシンの注入を許してしまった。そんなに多量ではない、一〇ミリリットル未満でしょう。そのミリマシンは偶然体内に侵入したのか、それとも山岡か誰かが意図して注入したのか、それはわかりません。後者であれば、その意図が問題となります。

ともかく彼は体内にミリマシンを抱えていた。おそらくは血管内部に」

「血管……注射されたとか？」

「それはわかりません。戦場ですから何らかの外傷から侵入したのかもしれません。

話を戻しますと、作業手順書に従うなら島崎はＣＴにかかり、体内にミリマシンを抱えていることが発見できた。

ところが自衛隊病院の医官どもは上からせっつかれたか何か知りませんが、手順を無視して最初からMRIにかけてしまった。先ほども言った通り、ミリマシンは磁場に鋭敏です。血液により全身に行き渡っていたミリマシンは、MRIの磁場によって瞬時に全身で反応し、無数の血栓を生じてしまった。

ある血栓は冠動脈の梗塞《こうそく》となり、あるものは脳梗塞を引き起こした。それ以外の臓器も甚大な損傷を被《こうむ》った。つまり多臓器不全です。奇跡的に一命を取り留めることができたとしても、意識が戻るのは絶望的だったでしょう」

的矢はしばらく黙っていた。

「アフリカ中央部で何があったのか、島崎から知ることはもうできない。荻野理事が聞いた情報が、島崎証言のすべてということですか」

「結果からいえばそうなりますか。あとは島崎さんのカメラか、アフリカに残された部隊の記録くらいですか」

「アフリカの部隊のことはわからないが、迷彩服のカメラからはデータは取れなかったらしい、残念ながらな。よしわかった。島崎の遺体は君らが検死を行い、以降の検査もNIRCで進めることを政府に進言する。完璧な検査によって、故人の死を無駄にしないようにしよう」

「無駄死にです」

荻野は言う。

「手順書さえ守れば島崎さんは死なずに済んだ。医師ともあろうものが、手順を守らず、それによって人命が失われた。これが無駄死にでなかったなら、何が無駄死にです」

「すまない。訂正する。これ以上の無駄死にを出さないために、完璧に検査してほしい。頼む」

荻野は、その言葉に自分の責任の重さを感じた。それほど、的矢の「頼む」は重かった。

二〇三X年七月一三日・兵庫県某山

「いやはや、最近は熊も賢くなりましたね」

若い猟師が、ロボットの残骸を前にため息を吐《つ》く。それは八輪式の無人の自動車で山中を自在に走破する能力があった。各種センサーを装備し、状況が許せば太陽電池で充電もする。

その目的は、一〇年以上前から問題となっている熊の被害に対応するものだった。山中を移動し、熊の通り道らしいものを発見すると、そこに待機し、人里に降りようとする熊に対して大音響や異臭により追い返そうというものだった。

「そりゃ、熊だって賢くなるさ。生活がかかってるのは、里の人も熊も同じだ。それどころか熊の方が後がない。

知ってるか？　里に降りてくる熊ってのは、熊同士の生存競争に負けた奴が、山に住めなくなって降りてくるんだ」

「じゃぁ、弱い熊なんですか？」

「熊の中では弱くてもな、人間を食い殺すくらいはできるんだ」

年長の方の猟師が破壊されたロボットを検分する。人間のハンターが日本全国で不足している中で、野生の熊の被害は増えている。そうした中で生み出されたのが、このロボットだ。

元々は自衛隊のゲリラ戦支援のために兵站《へいたん》輸送用に開発されたのだが、性能不足で不採用となった。それをこのような用途に転用したのである。

「こりゃ、再生不能だな。ＡＩユニットが潰されてる。サスペンションも全損だ。どうするかな、村役場だってこいつの修理に一〇〇万は出せんだろう」

「うるさいこと言わないで、このロボットに銃を持たせて熊を撃ち殺したら、こんな被害もないのに」

若い方は不満そうだった。ロボットが減るとなれば、人間の出番が増える。しかし、自分らの村に専業のハンターはいない。若い方もベテランも、どっちもハンターは副業だった。それも報酬はかなり安い。自治体に金はないのだ。

「お前も無茶言うな。AIが進歩したといっても、山の中で熊と人間をちゃんと識別できるほど賢くはないんだ。アメリカなんざぁ、毎年それで一〇人とか二〇人が誤射されて亡くなってるんだ」

ベテランも若い方も同じIT関連企業の社員だった。地方創生支援で本社が限界集落近くに支社を開設しているのだ。テレワーク主体なら仕事に差し支えないという趣旨だが、それも里に熊が降りてくるまでだった。

「しかし、これ、本当に熊か？」

ベテランの方が首を捻《ひね》る。熊なら齧《かじ》ったような跡がありそうだが、そんなものはない。代わりに、鋭利なもので刺したような穴が幾つもある。

二人がロボットの残骸に当惑している時、背後の森の中で何かの気配を感じた。

「化け物だ！」

二人は叫び、猟銃を乱射するが、それは無反応だった。全高で三メートル、全長で六メートルほどの六本足の金属パイプのロボットみたいなものが、数体、群れを作って彼らの前を馬よりも速いくらいの速度で通り過ぎていった。その足跡は、まるで地面に刀でも刺したような鋭角な形をしていた。

8　MJS

二〇三X年八月一〇日・大阪

編集画面の中で一二〇ミリ迫撃砲弾が弾着し、案山子《かかし》のようなオビックの四肢が吹き飛んだ。

「迫撃砲はチューバー掃討で、もっとも効果的な兵器と言われています」

少し前までは、近所の商店街でコスパのいい食い物屋を紹介していたタレントが、ヘルメットを手で押さえて、そんなレポートをしていた。彼はオビックがやってくる前は漫才師で、食レポの分野では売れっ子だった。

しかし何かの突撃レポート番組で、相方の首をチューバーに刎《は》ねられてからピン芸人として、こういう戦場番組によく登場していた。

「小隊長、これからどうなるんですか？」

「敵の掃討が完了したことをドローンで確認後に、あそこの線まで部隊を前進させます。あの要地を確保すれば、村の奪還は時間の問題です」

そう言ってカメラが切り替わるが、すぐに画面の一角が赤で塗りつぶされる。

「迷彩服を着用した遺体が二体ある。それらは背景として処理」

小坂明夫《こさかあきお》は生成型ＡＩにそんな指示を出す。報道関連で取材映像にモザイクをかけるなどの処理は何十年も行われてきたが、それらをＡＩによって自動化するのは省力化の観点からも自然だった。

しかし、生成型ＡＩによるフェイク動画の氾濫《はんらん》から、ＴＶなどの放送メディアにおける取材映像のＡＩ処理については、コンプライアンスとして大幅な制限が課せられるようになった。

一方で、やはりコンプライアンス面で、プライバシー保護や残酷描写の抑制のために画像処理の必要性はむしろ増えていた。このジレンマの解消を、小坂のようなフリーランスの人間が番組制作会社から請け負っていた。

画像の問題部分をＡＩが発見し、強調する。しかし、ＡＩは自動では修正しない。ただＡＩが指摘した場所に対して、人間が修正を指示することで画像処理はなされる。

小坂にとっては、このコンプライアンスとコンプライアンスの間隙のおかげで生活ができるのだ。単価は安いが、数をこなせばそこそこの収入にはなる。大学は工学部だったので、数年前までは個人事業主として企業からIT関連の仕事を請け負って生きてきた。以前はもっと実入りのいい仕事が多かった。チームの開発案件で助っ人として参加するのが時間単価は一番高かったが、自分にはあまり向いていないので、主としてフリーランスのSE（システムエンジニア）として、小さな仕事を請け負ってきた。

ただ他人と触れない生活の中で、IT技術のトレンドには遅れ気味で、仕事の内容も開発から古いシステムの保守管理に変わっていた。そしてこうした保守管理もAIへの依存を強めると、小坂にできるのは制作会社の下請けのような仕事だけだった。リスキリングなどと世間は簡単に言ってくれるが、五〇歳を過ぎて新たな技術習得は難しい。六〇過ぎの身となっては尚更だ。時間単価の安い仕事から抜けようにも、生活のためには長時間働かなくてはならず、勉強時間など確保できるわけがないのだ。

「ええと『ドキュメンタリー・最前線』八月六日版はこれで完成だ」

小坂はそう呟くと、契約している番組制作会社のサーバーに完成したファイルをアップロードする。一人暮らしが長いために、独り言が多くなる。結婚を考えたことはあったが、相手もいなかったし、それ以前に結婚できるほどの収入もない。

これだから人と話す機会は極端に少なかった。かわりに会話型AI機能のスピーカーを話し相手に導入したこともあったが、それはすぐにやめた。

なぜなら小坂は世間話のつもりでも、AIの方は彼を顧客その一くらいにしか思っていないため、彼の個人情報を収集するに従い、彼が欲しいと思うような商品を次々と紹介し始めた。

AIスピーカー契約をやめた一番の理由は、紹介された商品に対して、「いらない」という意味で「いいよ」といったのに、AIは「購入を承諾する」という意味で「いいよ」を解釈し、カードの支払いが倍増したことがあったためだ。

類似トラブルはかなりあったのか、カード会社はいくつかの商品について事故として処理してくれたので実害はなかったが、小坂に契約を解除させるにはそれで十分だった。

一日のノルマを果たしたので食事に出る。小坂は梅田に近い中崎町にある小さな賃貸マンションにかれこれ二〇年住んでいる。金回りが良かった時代には分譲マンションを買おうとしたが、再開発や何やらによる梅田界隈のマンション価格の高騰で、不動産の保有は夢に終わった。

いま住んでいるマンションは、前は月極の駐車場だった。土地の区割りの関係で三角形という使い道のない矮小《わいしょう》な土地だから、苦肉の策で駐車場にしたらしい。だがマンション価格の高騰のためか、その使い道のない土地に小さなマンションが建てられ、小坂はそこを借りた。立地条件の割に格安だったためだが、おかげで彼はここから出られなくなった。

だから周囲の食べ物屋のこともコンビニもすべてわかっている。およそ季節の変化など感じられる環境ではないが、それでも世の中の動きは商品棚で感じられた。

「弁当はおひとり様一個となります」

「商品購入はキャッシュレスでお願いいたします」

「現金購入の方および家族分を購入の方は、身分証提示をお願いいたします」

コンビニに入ると、レジ前にそんなポップが幾つも掲げられていた。弁当のコーナーに商品は十分に並んでいるが、種類はAからEまで五種類しかない。これはどこのコンビニでも同様だ。農水省や厚労省が業界に働きかけ、標準弁当を設定したためだ。非常時にフードロスを無くし、健康的な食生活を実現するためとTVでは言っている。

毎日、オビックと自衛隊の戦闘映像を編集している小坂にとって、オビックとは画面の向こうの存在だった。実在を疑ったことはないが、戦闘に関して現実味は希薄だ。戦場はほぼ山の中で、「オビックとの戦闘は害獣駆除であって戦争ではない」という意見さえある。

ただオビックとの戦闘の生活への影響は、まず商品棚に反映されていた。商品の選択幅がほとんどない。選択できるのは靴下や下着のサイズくらいで、基本的に一商品一品目が原則だ。たとえばA系列のコンビニなら石鹸はB社製品だけが置かれ、C社の石鹸が必要ならA系列ではなくD系列のコンビニに行かねばならない。

いまのところ資源備蓄を優先しつつ、流通の調整により小売りの一商品一品目を実現しているが、政府によるとオビックとの闘争（戦争という表現は巧みに避けられている）の規模や長期化によっては、すべての工場で一つの品目について同一商品が生産されるというロードマップも示されていた。つまり先の例ではA系列でもD系列でも、標準石鹸だけが売られるわけだ。

なので商品棚は十分な品物が置かれていたが、選ぶことはほぼできない。可能な選択は、買うか買わないかだけである。

店員は一人だけだった。会計はセルフレジで済ませられるが、商品棚の管理など機械化が遅れた分野があり、そうした作業に人間が必要だった。ただPOSシステムや店舗AIなどの働きで需給関係がかなり調整され、売れ残りが著しく減少していることもあり、店員は中高年が一人という店が多い。この店も小坂と同年輩くらいの男が、無表情でレジの向こう側に立っている。

昔はコンビニでも店員の挨拶を耳にしたものだが、昨今はそんな挨拶は珍しい。需給バランスが均衡しているということは、店と客の力関係を変え、さらにレジもセルフとなれば、店の側が客に愛想を振り撒く必要もない。店員の愛想にかかわらず、客は商品を買わねばならないからだ。

こうした動きにはいろいろな意見もあるようだが、小坂のように店員に愛想など求めない客には店舗の利便性の方が重要だ。

会計を済ませるために個人認証を行い、バーコードで決済しようと小坂はスマホを取り出したが、アプリのアップデートの通知を目にする。行政が発行しているマッチングアプリが緊急のアップデートを要求していた。このアプリは個人認証にもかかわるものであるため、小坂は先にそれを済ませる。

幸いコンビニの空《す》いている時間帯なので、他の客にせっつかれることもない。アップデートはすぐに完了し、会計を済ませる。アップデートしたアプリからも通知があったが、それは帰宅してから確認することにした。

帰宅して弁当を食べながらアプリの通知を確認しようとしたが、よく見ると古いアプリのアップデートと同時に、新しいアプリがインストールされていた。コンビニで見たときは「新しいアプリ云々」という表示に、単純にアップデートの意味と思い「ＯＫ」をタップしたが、あれはこのアプリをインストールする許可の意味だったか。

新しいアプリを起動すると、古いアプリの個人情報を利用してよいか？　という趣旨の質問に始まって、規約を了解したかどうかとか、幾つかチェックをせねばならなかった。

初期設定を終えてわかったのは、このアプリが行政関連の臨時職員の募集に関するものということだった。細かいところは違うかもしれないが、ざっと見た文章ではそうあった。

そうして翌日、彼はスマホを開いて目を疑った。仕事を請け負っている制作会社から契約解除の通知が来たのだ。理由の説明はなく、昨日の納品で契約終了とのことだった。一方的な対応に何が起きたかわからない。

だがもう一つの通知があった。昨日初期設定したアプリだった。新しい法律による臨時公務員の募集であるという。職種については、指定された場所に赴いて面談ののちに採否判定が行われるという。どうも小坂のＩＴ関連の知識が評価されてのことらしい。自分の年齢を考えると夢のような話で、どう考えても制作会社の下請けより魅力的だ。

そこで彼が思い出したのは、防衛省の短期現役幹部制度だ。聞いたところでは、経理会計などの専門知識が必要な限られた職域について、その資格を持つ民間人を一時的に防衛省幹部とするという制度だ。ネットニュースか何かで斜め読みした記事だったが、専門職の領域を拡大するらしい。

小坂は自分の知識が最先端ではないことは理解していた。そんな自分に行政のＩＴ関連の仕事で募集の案内が来るだろうか？　しかし冷静に考えれば、世の中には未だに旧式のシステムで動いている機関もある。そういう需要だろうか？

ともかく小坂はそのままスマホで諸手続きを済ませて、指定されたビルに向かった。そこは梅田で再開発された地域のタワマン群の裏にあった。何かの研修施設らしい。設備も更新され、耐震補強されているが、造りは明らかに昭和のビルだ。

小坂が着いた時には、ビルのエントランス部にすでに五〇名ほどの人間が集まっていた。いまどき珍しいことに女性は二割ほどで、ほとんどが男性だ。しかも、男女関係なく平均年齢が高い。六〇歳とは言わないまでも五〇歳以下はいないように見えた。

スマホアプリは位置情報も参照しているのか、表示されていた整理番号を呼ばれると、受付で指示を受けるらしい。早くから待っていてもなかなか呼ばれない人がいる一方で、入ってきたと思ったらすぐに受付に呼ばれる人もいた。

順番を飛ばされたことに憤《いきどお》った男性が受付に文句を言いに行こうとしたが、屈強な職員に阻《はば》まれた。それで大人しく順番を待つ者もいたが、捨て台詞とともに出ていく者もいた。そして小坂は一五分ほどで名前を呼ばれた。受付は四人いて、それぞれが一つのブースを担当していた。小坂は三〇代くらいの女性が担当する一番左端のブースに座る。

「小坂明夫さんですね」

彼女の視線の動きを見ると、机の下にモニターがあって、そこで小坂の写真か何かを参照しているようだった。

「はいそうです」

「小児喘息の既往歴がおありのようですけど、現在はなんともない?」

「減感作療法《げんかんさ》で子供の頃に治療しました」

そう返答しながら小坂は、そんな情報をどうしてこの受付は知っているのか疑問だった。ここは病院でもなければ、目の前の彼女は医者でもなく、そもそもカルテなどないだろう。

「はい、特に問題はないですね。四階の三番の部屋へどうぞ。そこで説明を受けてください」

こうして小坂はエレベーターで四階に行くと、三番と札が貼られた部屋が正面にあり、受付が小坂に資料が入っているらしい紙袋を渡し、中へと促す。

三番の部屋はかなり広く、一〇〇人は収容できるほどで、三列に並べられたテーブルには、すでに五〇人ほどが席についている。机には整理番号が貼ってあり、小坂は自分の番号の席に座る。

四人がけのテーブルの左右両端だけに人がいた。小坂の反対側にもすでに同世代くらいの人物がいたが、初対面であるのと室内の空気が世間話を許すものではなかった。

受付の人間が、席につく人物がいないところから整理番号の札を剝がして歩き、それが終わると部屋の扉が閉じられた。

それと同時に妙に姿勢の良い男性が現れた。それは自衛隊の制服で、小坂の朧《おぼろ》げな記憶では航空宇宙自衛隊のものであるようだ。

「皆さん、ＭＪＳへ応募していただき、防衛省を代表してお礼申し上げます。遅れましたが、自分は航空宇宙自衛隊の朝倉椎馬一等空佐です。

このＭＪＳとは自衛隊の即応能力を高めるために、すでに社会人経験が豊富な皆さんのような方々に、自衛隊の実務を担っていただくことを目的とした制度です。

皆様もご存じのように、現在日本はオビックの侵略を受けている渦中にあります。オビックを日本から駆逐し、この列島を日本人の手に取り戻そうではありませんか！」

朝倉は一人で盛り上がっていたが、聴衆は小坂も含めて何が起きているのか飲み込めないでいた。そもそも自分たちは行政関連の職に就くためにここに来たのではなかったか？確かに自衛官も公務員であるが、アプリの情報には一言もそんなことは触れられていなかったはずだ……ではないのか？　いや、しかし。

小坂以外にも気がついた人間は何人もいたのだろう。この年齢まで生きていれば、契約書の細かい文言を読み飛ばして思わぬトラブルに巻き込まれた経験の一つや二つはある。

特に派遣など非正規職員の場合はそんなことが少なくない。

ただ労働基準監督署なのか防衛省なのか知らないが、政府の関係機関でもこんなことをされるとは思わなかった。

「どうやら、色々と誤解があるようですが、皆さんが応募したアプリは、オビック侵攻に伴う特別立法に準じたものです。法的に皆さんはMJSに志願したと解釈されます。もちろん徴兵などとは異なりますから拒否することも可能です。ただし、皆さんがこの場にいるというのは一度は契約を承認したわけですから、それを拒否するというのは皆さんの側からの契約破棄となります。求職アプリ経由ですので、今回の契約破棄についても記録に残ります。

つまり社会的な信用は大幅に低下し、以降の求職活動には非常に不利に働くとは言えます。申し述べておきますが、いま自分が話したことは、すべてアプリをインストールするときに文書として提示していたことです。それを承諾したからこそ、皆さんはここにいるわけですから」

インストール時にやたらと、文書を承認するか？　と訊いてきたのはこのためだったのか。ただ報道の映像修正の仕事をしてきた小坂には、朝倉の言う特別立法の内容は見当がついた。オビックとの戦闘では高度な専門技能を持った人材が必要であるため、徴用について政府に大きな権限を与えるというものだった。

受付で小坂は小児喘息のことを尋ねられたが、個人認証と電子カルテが紐づけられているなら、医療データの参照は難しくはない。彼らが健康な人間だけリストアップするのは造作もないことだ。そのための特別立法だろうから。

「契約に従って徴用されて契約期間が終わったとしたら、次はもっと割りのいい仕事に就けるのか？」

会場の誰かが質問した。

「割りの良い仕事の定義にもよりますが、国の仕事を契約通りに終わらせたというのも記録に残りますから、時間単価が高い仕事を委ねるにあたっては、そうした人の優先順位が高くなるのは間違いありません。信頼性と有能さは証明されたわけですから」

正直、ＩＴ業界で長く生きてきたが、徴用されるほどの高い技能はないと小坂は思っていた。しかし、それが過小評価だったというより、人材不足が危機的状況にあるのだろう。

彼自身、いままで報道映像でも日本にとってネガティブな情報はトーンを落とし、ポジティブな情報は派手な加工を行なってきた。だから自分は日本の実情を知っていると自惚《うぬぼ》れていたが、それは間違いであったのかもしれない。報道番組で制作会社の下請けをやっているのは自分だけではない。だから自分が知っている情報も他人がバイアスをかけたものと理解すべきだったのだ。

朝倉の説明は合法的かもしれないが、客観的には酷いものだ。しかし、にもかかわらず席を立つ人間は数人しかいなかった。やり方は気に入らないが、この年齢で割りの良い仕事に当たる可能性は少ない。MJSというのはよくわからないが、防衛省の雇用なら少なくとも食事と住居はあてがわれるだろう。小坂をはじめとする多数派はそう考えた。

朝倉は説明を続けた。MJSは日本中で募集されていること、防衛省の募集なので、この後の適性検査などで、陸海空三自衛隊あるいは防衛省の然るべき部局に割り振られるという。赴任先はあくまでも適性検査の結果であり、朝倉にも誰がどこに行くとは明言できないという。

「もちろん皆様の経験を尊重することに嘘はございませんが、年齢等も考慮して赴任先から外されている部局も多数ございます。

戦闘機に乗りたいといってもパイロットになることはありませんし、大型特殊の免許がなければ戦車兵にもなれません。そして水兵の募集はありません」

朝倉はウケると思ったらしいが、聴衆は沈黙で応じた。その反応に不満なのか、朝倉は説明を切り上げはじめた。

「お渡しした紙袋の中に適性検査のための書類が入っております。それに必要事項を記入して提出してください。午前の手続きはそれで終了です。一三時には結果が出ますので、それまでにこちらに集まっていただき、適性にあった職場を指示いたします。判定結果によっては、ここから仕事先まで移動していただく場合もございます。

その場合、衣食住は防衛省が手配いたします。また賃貸住宅などにお住まいの方については、住居費や光熱費などは、ご希望に沿った形で解約手続きなど、こちらで進めます。まぁ、これはあくまでも該当者の方に関してです。現在お住まいの場所から通勤できる方については交通費も支給されます」

口調は物柔らかだったが、説明している内容はかなり強引なものだった。要するに政府か防衛省か知らないが、彼らが必要と判断したら、その人物の意向に関わりなく、どこかの基地なり施設に連れて行かれて、そこで作業をしろというのだ。

オビックの侵攻という状況が、それらを法的に可能にしたらしい。そういえば制作会社の画像修正の下請けのくせに、小坂は戦場の報道ばかり扱っていて政府関連の報道は扱ってこなかった。それは他の奴がやってるのだろうくらいに考えていたが、そもそも法案審議のような報道自体が減っているのかもしれない。記者クラブが政府発表だけ流しているなら、画像修正の必要さえないわけだ。

とりあえず封筒の書類を取り出し書いてゆく。紙はよくあるOCRしやすいビジネス用紙で、すでにヘッダー部分にはバーコードが打ってある。こんなものブラウザーで記入させろよ、という愚痴がいくつか耳に入ったが、小坂は違うだろうと思っていた。

大学の同期で中堅企業の人事課に配属された奴がいたが、紙で記載させるのには意味があるという。ちゃんと紙に記入するかどうかで、指示に従う従順さ、何十枚も書類に記述する忍耐力、さらには時間内に終わらせられるかどうかの事務処理能力を見ているとのことだ。

その時は眉唾だと思っていたが、どうやら本当だったらしい。書類に記入中に「もう嫌だ！」と席を立った人間が二人もいたためだ。その場のスタッフは誰も彼らを引き留めなかったから、この書類作成は本当に適性検査も兼ねていたようだ。

書類に文字を書いてゆくというのは、何年もやっていないし、もう苦役であったが、報道映像の修正と比べれば、そこまで神経を使うことはなかった。

午前中にやることは終わり、昼食をどこで食べるかと思ったが、それもまた用意されていた。同じフロアの中規模の部屋にテーブルが並べられ、整理番号を示すと標準弁当が手渡された。AからEまで五種類あるはずだったが、自衛隊側の発注部門か調達部門の都合で、小坂らに選択の余地はなかった。提供する側としてはすべて均等に分配できればいいらしい。

そうして一三時になり、求職者が集まってくる。今朝は五〇人以上いたはずだが、いまは四〇人くらいしかいない。すでに朝倉一等空佐は部隊に戻っているらしく、五人ほどの事務方が整理番号を呼び、封筒を渡す。

封筒を受け取ると、受け取った人は順次、帰宅する。女性が全員いなくなり、やがて男が残り一〇人になっても小坂は呼ばれなかった。そして封筒は無くなった。

「はい、それではここにいらっしゃる皆さんは適性検査の上で、ＭＪＳの中でも特に時給が高い部門へ採用されることとなりました」

事務方の責任者らしい女性がそう言うと、一人が手をあげる。

「すいません、ＭＪＳってなんですか？」

それは小坂も思っていた。弁当を食べながら検索しようとしたが、どういうわけか検索できなかったからだ。まるでスマホに検閲機能でも付与されたようだ。

「ＭＪＳとはつまり多能運用兵（Multipurpose Juggling Soldier）。つまり防衛省の中で、さまざまな業務を担う、民間からの志願者で編成する職域の総称です。

こちらの皆さんはこれからバスに乗って訓練機関に移動します。基礎訓練は一週間を予定しています。詳細は訓練所で説明されると思いますが、簡単にいえばＡＩと連動した通信装置を装備し、ＡＩの指示に従って行動するのが基本です。何を為すかの判断は本部の高性能AIが総合的に行い、皆さんはその指示で動いてください」

「いまのAIってそこまで高性能ではないと思うが」

自分でも意外なことに、小坂は反射的に事務方の責任者にそう疑問をぶつけた。しかし、同様の質問は過去にも受けているのか、彼女は動じない。

「MJSは基本的に自衛隊の人手不足解消を目的としています。こんにちでは自衛隊に限らず、軍事組織に従事するものは高い専門知識を要求されることが知られています。だからこそどこの国でも兵士の訓練を行い、高い教育を施す学校機関を有しています。それどころか軍隊そのものが、社会に対して学校としての機能を有していることも知られているところです」

彼女は自衛隊でなんらかの教育を担当しているのか、説明に澱《よど》みがなかった。

「しかしながら、組織全般に言えることですが、組織の業務は、常に、すべての分野で、高度な専門知識を必要とするわけではありません。八〇パーセント以上は専門知識を必要としない単純作業で組織は動きます。

これは言い換えるなら、専門知識を持った精鋭を背後から支える業務に関しては、そこまでの技能は必要ない。短期間の訓練で人材は賄《まかな》える。具体的には個人のAIにより最適な行動を指示し、それに従って動くなら、訓練を積んだ精鋭は本来業務に専念でき、そこまでの訓練が必要でない業務はＭＪＳに任せられる。基本的な趣旨はそうしたものです。こうした業務については自衛隊でも研究が重ねられてきました。有事の際に短期間で大量動員を行う場合、最低限の訓練期間で職務を委ねられる人材を確保しなければならない。ＭＪＳはそれに対する解答なのです」

この後、事務方の女性は小坂らに待遇や社会保障の手続きなどについて語った。スマホで所定の手続きを済ませると、彼らは待っていたバスに乗せられる。

「どこへ行くんですか？」

「このエリアでは、伊丹駐屯地です」

バスに同行した事務方の女性が答える。彼女が本当は事務方ではなく、教育担当の曹長であることを、小坂はこの数時間後に知ることとなった。

二〇三Ｘ年八月一〇日・ＮＩＲＣ

自衛隊の分隊が山中を前進していた。装備は小銃と手榴弾。そして分隊長のカメラに反応があった。画像認識機能により、自然界の中で直線などの不自然な形状を割り出し、その形状部分を強化する機能がカメラには備わっていた。

分隊長はハンドサインで標的を示す。分隊の何人かが、その形状を捉えた。世間で知られているチューバーの姿ではなかったが、オビックと関係のあるものだった。全高で三メートル、全長で六メートルほどの六本足の大型動物のようなものが山中を歩いてくる。それはチューバーの進化形だった。より正確にいうならば、チューバーの部品を集めて再構築した大型ロボットだ。これがいまのチューバーたちの主力兵器的な役割を担っている。その六足ロボットは前線ではライノと呼ばれていた。通信分析から判断して、サイを意味するライノセラスが縮まったものらしい。

足の数から言えば昆虫だろうが、視界のそれは虫よりもサイだろう。じっさい頭部に相当する部分にはツノがあり、それで人間を串刺しにすることもある。

巨体だが、見た目からは想像できないほどの俊敏性を持っている。そうして明らかに周囲を窺っているようだった。

分隊の隊員たちはライノをカメラの視界に捉える。隊員たちの位置はGPSで把握しており、個々のカメラの位置と方向もわかっている。複数のカメラにより、隊員たちとライノの相対的な位置関係が計測され、絶対的な位置関係が割り出される。

そして次の瞬間、ライノの周囲に一二〇ミリ迫撃砲弾が弾着する。ライノは砲撃により一部が粉砕され、動かない部分は本体から切り離されて、三本足の構造体となって、隊員たちから離れていった……。

「以上が兵庫県の山中で撮影された自衛隊とライノの戦闘の模様です」

理事会の中で大沼理事が、自衛隊から提供された戦闘の様子を共有していた。

「ありがとう、大沼理事。

これがいま自衛隊と戦っているオビックの姿なのか？」

的矢は基本的なところから事実関係を確認する。

「現在は、ライノが中心です。チューバーも目撃されておりますが、基本はライノです」

「チューバーは自衛隊との戦闘で進化しているのか」

理事の一人がそう呟いたが、大沼は異を唱えた。

「実はIAPO経由でロシア軍からの情報を入手しました。ただご存じの状況で、ロシア政府とNATO諸国との関係は冷え切ったままです。現時点では最低限の情報流通しかありません。それを含みおいていただきたいのですが、その情報によると、アフリカ中央部の戦闘でロシア軍はすでにライノと遭遇しています。

どうもロシア軍装甲車による損害が多いことから、オビックはライノを作り上げたようです。頭部の角は装甲車を転覆させたり、装甲の薄い部分を貫通できるとの情報があります。公式なものではなく、未確認の部分はありますが。ただロシアにより核攻撃された領域で、ロシア軍は多数の戦車や装甲車を失っており、擱座《かくざ》した戦車を自衛隊が確認しています」

大沼はそう流したが、その擱座したT34戦車を発見し確認したのは、オビックの宇宙船で帰国した島崎一等陸佐だった。調査中に殉職者を出したことから、戦車については写真資料がいくつか残るだけだ。ただ戦車のテレスコープ部分に金属の爪で刺したような貫通孔があったが、これも対戦車砲か何かと当初は深く考えられていなかった。

「そうした装甲戦闘車両を破壊したのは、一部はその土地の農民や鉱夫でした。政府軍やロシアの民間軍事会社から奪った対戦車兵器を用いたものです。しかし証言によれば、ライノのような形状のチューバーにより破壊された車両も存在するようです。また戦車砲で破壊されたライノについての言及も届いております。とはいえ核攻撃の混乱により、確実な情報入手は困難です」

大沼の報告は的矢の気持ちを重くした。ロシアによるオビックの拠点攻撃は、人類一丸でオビックに対処しようという世論形成には明らかに逆風となっていた。先進国内では国益に関わる問題とはいえ、外国に対して無警告で核兵器を使用したロシアに対する不信感は拭い難いものがあった。

これに対してロシアからは、オビックが占領した鉱山からの金やコバルトが密かに国際市場に流れ、西側も活用していることを利敵行為と非難する声明が出されていた。それに対しては、オビックに占領された鉱山の資源は、ロシアが経済制裁回避のために作り上げた密輸ルートを活用したもので、責任はロシアにこそあるとの反論があり、この面では議論は泥沼化していた。

さらにグローバルサウス諸国からは、アフリカ中央部への核攻撃を植民地主義の現れと非難する声が次々と上がった。しかしながら、これも西側と関係の深い国と、ロシアとの関係が深い国では温度差があり、グローバルサウスでも意見の対立があった。

議論は核兵器を主権国家ではなく、国際管理すべきであるとの意見が提出されるに伴い、核保有国間の話し合いにより核兵器使用の自粛というところで、現状は小康状態にあった。ただこのような対立構造のために、IAPO内部でさえ情報交換は滞《とどこお》りがちだった。

「例の擱座したT34戦車では、内部に溜まったミリマシンにより殉職者が出ましたが、現状でミリマシンに対する仮説が立てられると思います」

大沼はミリマシンの実験映像を示す。

「荻野理事の検死により、我々はミリマシンのサンプルを確保できました。とはいえそれらを自由自在に操るレベルには到底至っていません。それでもわかったことがあります。

荻野理事が強い磁場を当てたミリマシンが主に実験に用いられましたが、磁場をかけていないミリマシンと磁場をかけたミリマシンでは、電子顕微鏡レベルで明らかな差異があります。詳細は省いて結論だけ申し上げれば、ミリマシンにも小規模な記憶装置があり、それは強い磁場でリセットされる。

これは、ミリマシンが目的を持って動く機械であることを考えれば驚くことではなく、むしろ記憶装置がなかったらそちらの方が驚きです。

さらに明らかになったのは、ミリマシンの記憶装置には二種類あること。回路に織り込まれたものと、我々がイメージしている記憶装置と。簡単に言えば前者はミリマシンの本能のような行動を司《つかさど》り、後者は本能を前提に、それらをどのような順番で動かすかを記録する。誤解を恐れずにいえば、プログラムを記録するようなものです」

画面は変化する。液体が滴下されると、ミリマシンの活動が活発になり、その数が増えた。

「強い磁場でプログラムが消え、本能だけで動くミリマシンとご理解ください。これにタンパク質主体の液体を与えると、タンパク質主体のミリマシンが量産されます。本能のままにタンパク質を分解し、アミノ酸を組み直し、独自の構造を作り上げる。

ただし、ここでのミリマシンの活動は自身の複製を作り上げることだけです。数が増えるだけで何らかの構造物を作るわけではない。プログラムがありませんから本能だけに従う。ただミリマシンの密度が一定水準に達すると増殖は止まります。過剰増殖の抑制機能、あるいは癌化防止機構とも言えるでしょう。

さて、擱座した戦車で自衛隊員が解体され、殉職した。しかし、この時殉職した曹長の複製が現れたという報告は、いまもって一件もない。なぜか？」

画面は当時のオビック占領地の地図になるが、幾つかに色分けされ、擱座した戦車周辺は色も濃かった。

「これは衛星インターネットに対する妨害電波の強度を表したものです。先日亡くなられた島崎さんとフランス軍が作成したものです。例の戦車周辺は衛星インターネットがほぼ使える状態にはなかった。

どういうことかといえば、戦車内のミリマシンは軌道上のオシリスからの指令を受け取ることができなかった。プログラムを受信できないまま、ミリマシンは本能に従った。本能とは有機物の分解と、ミリマシンの増殖です。

これにより隊員は解体されたが、それによるデータは送信できず、ミリマシンにもこの膨大なデータを記録できるだけの容量はなく、戦車の中で起きたのはミリマシンの増殖のみです」

「オビックとの戦闘に勝つためには、衛星インターネットを破壊するか機能を停止すればいいのか？」

　的矢は、自分で質問しておきながら、そこまでうまくはいかないだろうという漠然とした予感があった。

「そうした手段は考えられますが、お勧めはしかねます。衛星インターネットを使用不能とすれば、IDSPを筆頭に人類側の戦闘システムが完全に崩壊してしまいます。つまり反撃手段を失う。あるいはオビックはそれを意図して衛星インターネットを活用しているのかもしれません。同じインフラを利用することで、相手の攻撃の手を封じるために」

「まぁ、そういう手段があれば、ロシアだって核攻撃はしないか」

　的矢は悲観的な気持ちになってくる。しかし、大沼は必ずしもそうではないらしかった。

「我々はミリマシンがあれば、どんな機械でも作り上げることができる超技術だと解釈していた。ただしそのためにはミリマシンの制御という大きな壁があった。億兆という単位のミリマシンを個別に制御しなければ、自由自在に機械や生物は製造できない。

　しかし、オビックはこの問題をもっとスマートな方法で解決した。ミリマシンは調査対象物を解体する能力はあるものの、組み立て機械としては基本的にチューバーの製造能力しかない。チューバーさえ製造できればいいのであれば、それをミリマシンに事前に組み込んでおけばいい。

実はチューバーの構造は、三〇センチほどの金属パイプ状の基本モジュールからできています。信じられないほど単純で、金属のパイプに、関節を駆動させるモーター、モーターの制御回路、金属パイプの表面に点在するセンサー、それがすべてです」

大沼の説明とともに、チューバーの基本モジュールの解析図が現れる。それは改めて見ると、小学生の自由研究でも製作できそうなほど単純だった。

「我々はこんな単純なものの集合体に苦しめられてるのか？」

理事の一人からそんな声が漏れる。それは的矢も同様だった。こんな単純なものから装甲車を串刺しにするような機械が生まれるのか？

「誤解があるようですが、単純な構造が低い技術ではありません。オビックはおそらくチューバーを完成させるために多年にわたる運用経験を積み、改良をしてきたのだと推測できます。

ミリマシンと考えるからわかりにくいのですが、特殊な3Dプリンターと解釈すれば理解できるかと思います。たとえば軽金属のパイプですが、これも単なる金属板を丸めたものではなく、細胞のように小さな空胞から成り立っており、軽量化と負荷分散が的確にできるような構造になっています。また人間の血管や神経に相当する電線や信号線と、モーターやセンサーとの接続についても、パイプの構造の中に合理的に織り込まれています。それだけではなく、回線そのものにある程度の判断能力が備わっています。特に巧みなのは制御回路です。同じ構造が延々と続いているのがチューバーの制御回路ですが、これは我々が用いるFPGA（Field-Programmable Gate Array：プログラム可能な論理回路）と概念は同じものでしょう。

ミリマシンはチューバーの基本モジュールを作り上げる。そうするとモジュールはオビックよりプログラムをダウンロードし、それによりあるべき役割が明確になる。チューバーのプログラムを与えられればチューバーになる。しかし、プログラムをライノのものに変えたなら、チューバーとしての結合は解かれ、ライノに再構築される。

島崎陸佐を乗せてきた飛行機は、島根県から兵庫県方面に飛んでいったものの行方が掴めない。レーダーで発見できないのは超低空飛行のためだと思われていましたが、それだけではないようです。これは最近まで無視されていた報告なのですが、七月一三日の時点で兵庫県の山中で、ライノが目撃されています。熊の駆除に駆り出されたハンターの証言ですが、相手にもされませんでした。

しかし島崎陸佐の報告では、飛行機はチューバーから作られていたようです。そうであるなら飛行機は島根県の山中で分解し、ライノに組み替えられ、その姿で群れとなって森林の中を移動したと推測できます。この場合、偵察機でいくら飛行機を探しても見つかるわけがありません」

「つまりミリマシンはレゴのようなブロックしか製造できないが、オビックはそのブロックを組み合わせてロボットや飛行機を組み立てている、そういうことですか？」

それは事故調査担当の新堂秋代理事の意見だった。いまの的矢にとって新堂はかけがえのない理事であった。大沼の専門的すぎてよくわからない概念を、彼女はわかりやすく翻訳してくれるからだ。

「いまの新堂理事の説明が最も的確だと思います。オビックはこのミリマシンとチューバーという二段階の構造により、ミリマシンの制御という難問を解決した。

現時点で目撃されているのはライノが主体で、チューバーはほぼいません。これは遭遇していないだけなのか、ライノだけが製造されているためかはわかりません。

ライノは山中で群れを作って移動するだけで、人里には降りてきていません。これは日本だけではなく、アメリカやインド、中国および南アフリカで目撃されているライノでも同様です」

ロシアによるアフリカ中央部の核攻撃により、確認されているだけでも五機のオビック飛行機がこの地域から脱出していた。それらは大西洋をこえて北アメリカに、インド洋を越えたものがインドと中国に着陸したらしい。さらに大陸を南下して南アフリカに到達したものもあった。

　大沼は続ける。

「興味深いのは、オビックの飛行機が向かった目的地が、いずれも最初に拠点が発見された土地に近い点です。兵庫県の場合は、ライノの活動範囲の中に、最初の拠点が建設された廃ホテルが含まれています。アメリカの場合もネバダ州の山脈部、中国の場合もモンゴルの産廃施設に近い。こうした点から考えるなら、オビックは土地鑑のある領域に飛行機を飛ばしたと考えられます」

「しかし、インドや南アフリカは？」

「確定的なことは言えませんが、南アフリカは大陸内で脱出しやすかったから。インドへ向かったものは、本当はロシアを目指していた可能性があります。飛行経路を延長するとやはり拠点のあった兵器の廃棄場なので」

　超低空を飛行したオビックの飛行機は、これらの国で察知されることはなく、ライノの活動が確認されたのはつい最近まで日本だけだった。このことは国際的に激しい緊張を生んでいた。ライノが本格的な基地を建設する前に、兵庫県の当該地域を核攻撃すべきという意見がグローバルサウス諸国から出されたのである。

ロシアがアフリカ中央部で核攻撃を行なったことを根拠に、日本本土に対する核攻撃は理不尽であると日本政府は主張し、それに賛同する国も多かったが、ライノの動き次第では核攻撃論が再燃するのは不可避だった。

さらに日本国内でも必ずしも意見は一致していなかった。「日本がアメリカから核兵器の提供を受けて、自衛隊が核攻撃を行えば主権を守ることができ、戦争にもならない」という意見も国内でそれなりの支持を受けていた。これはオビックの脅威に対するよりも、この状況を奇貨として日本が国際世論の支持のもとに一気に核保有国となるためだった。

これは、ライノが大阪や神戸など京阪神の工業地帯に侵攻する前に、兵庫県の山奥にいる間に一掃してしまえという意見とも繋がっていた。

じっさい防衛省の次官クラスが「合法的な核保有のために、対ライノ戦への地上部隊投入は一定水準以下に抑えるべき」と発言したために、防衛相と次官の更迭《こうてつ》が起きるという騒ぎにもなっていた。

この流れが再び変化したのは、北アメリカやインド、中国、南アフリカでもライノが活動しているのが発見されてからだった。これにより「人類が自分たちの核兵器で自滅する愚を犯さないようにすべき」というのが、現時点での国際的な潮流となっていた。

「海外のライノについては発見されたばかりですが、兵庫県のライノについては興味深い、ある意味で深刻な兆候が認められます」

大沼が示したのはライノが目撃されている兵庫県の地図と、目撃時のライノの動きだった。それらは主にライノと戦っている自衛隊によるものらしい。

「すいません。少し私から補足させてください」

珍しく新堂が他の理事の説明に割って入った。

「現在、ライノと戦っている陸上自衛隊の部隊は、MJSと呼ばれるプログラムによるものです。公式には多能運用兵と呼ばれていますが、防衛省内では発案者である朝倉一等空佐をはじめとして別の呼称で呼ばれています。マックジョブソルジャー（McJob Soldier）と」

「なんだね、それは？」

ざわめいたのは的矢だけではなかった。

「文字通りの意味です。防衛省としては少子高齢化と絶対的な人材不足の中で、訓練を施した精鋭部隊をオビックとの戦闘で無駄に消耗したくないという前提があります。立ち消えになったとはいえ、アフリカを核攻撃するなら日本も核攻撃しろというグローバルサウス諸国からの主張さえある。そうした中で精鋭は温存したい。

一方で、アフリカ中央部の戦闘では、チューバーの戦い方はおよそ近代的軍隊の敵ではない。彼らが戦線を維持できていたのは、現地の人間を使えたからです。それが防衛省の分析です。

そこでＭＪＳつまりマックジョブソルジャーです。構想はオビックの侵攻以前からありましたが、ここにきて一気に具体化されました。元々は若い精鋭部隊を温存するために、戦力的価値の低い中高年層による部隊を編成し、有事には敵の精鋭部隊にぶつける。こちらは大敗するでしょうが、敵の精鋭も傷つく。そこで初めてこちらの精鋭を投入する。

戦術としては『孫子』の故事にもあるような単純なものです。しかし、犠牲は大きいが最終的にはこちらが勝てる。

ＭＪＳに選ばれた歩兵は、ＨＭＤ（Head Mounted Display）を装備したヘルメットを装着し、常にＡＩと連動したネットワークと繋がっている。ここの兵士が何をすべきかは後方が判断する。前線の歩兵は自分で判断することなく、マニュアルに準拠した動きで、ＡＩの指示に従い行動する。分隊および小隊単位の活動ですが、小隊のＡＩが傘下の分隊の動きを統制して、一つの作業が進む。これが基本的な流れです。

マックジョブソルジャーの基礎教育は、定式化された有限の身体の動きのパターンを訓練するだけです。精鋭部隊のような臨機応変な展開は期待できませんが、近代軍というのは、そもそも天才的な軍師の采配で局面が変わるようなものではありません。

的確な状況分析と常識的な判断を繰り返すなら、勝てないとしても負けることはない。戦術的要求として敵の侵攻を阻止するような負けないことを優先する状況では、マックジョブソルジャーには十分価値がある。防衛省の考えはそうです。だからＭＪＳプログラムが妥当かどうか、その実験がいまライノとの戦闘で行われているわけです。現状それは成功している。私からの情報は以上です」

新堂の説明は的矢には予想外のものだった。そもそも防衛省幹部はマックジョブを理解していないように思われた。

「マックジョブというのは心理学的な背景もある高度なプログラムなんだがな。誰でも可能な作業マニュアルの作成に、マクドナルドは膨大な資金と手間をかけているのに。決して馬鹿にすべきものではない。防衛省の意識は違うのか？」

的矢の憤りは新堂もまた感じているらしい。

「噂ですけど、主務者の朝倉一等空佐はＭＪＳをサイコロ特攻隊と呼んでいるそうです。アンケートを参考に乱数で部隊編成をするからとか。部隊の質を均一にするためらしいです、効果のほどはわかりませんが。

運用が特殊なので、ＭＪＳは中隊編成を持ちません。基本的に小隊編成で完結です。一応、大隊は存在しますが、あくまでも傘下にある二〇近い小隊を管理するための名目上の存在に過ぎません。傘下の全ての小隊の動きを管理する高性能ＡＩを持つ大隊本部があるだけです。しかもこの大隊本部は前線ではなく、市ヶ谷に置かれています」

「新堂理事の話からすると、ちょっとまずいかもしれませんね」

大沼はかなり厳しい表情を浮かべている。

「兵庫県には採算が取れないために廃鉱となった鉱山が幾つもあります。そしてライノの群れの動きは廃鉱と廃鉱の間を移動しているとしか思えません。つまりライノの集団は山を荒らす害獣のように思われていますが、違うんです。ライノの移動により、オビックは多種多様な金属資源を確保し、融通しているとしか思えません。これらの鉱山には銅もあれば銀もニッケルも、採算を度外視すればレアメタルさえあります。

ライノの移動が多種多様な金属資源の確保にあり、現在は備蓄段階なら、無駄な戦闘は避け、積極的な攻勢には出ないでしょう。しかし、必要な資源備蓄が整ったなら、ライノは解体され、別の何かに再構成される可能性は十分にあります。そのための資源を十分に蓄えてから彼らは動くはずですから。

この場合、何が起こるかわかりません。臨機応変さが求められます。そう、生き残るためには。ＭＪＳプログラムでそれが可能でなかったら、部隊投入は犠牲者を生むだけです」

二〇三X年八月二〇日・MJS13拠点

小坂にとってMJSプログラムの訓練は苦役だった。六〇歳過ぎで装備を背負って銃を持って走るなど生まれて初めてだ。それでも教官によれば、MJSプログラムの自衛官は軽量装備であるという。重要なのはAI機能付きのHMD機材であり、これさえあれば生きて行けると言われた。

確かに映画で観たような歩兵の訓練からすれば、楽なのだとは思う。四〇キロの装備を担いで山の中を一晩歩くようなことはしない。そもそも六〇歳を超えた人間には無理だ。

一週間の教育訓練プログラムで叩き込まれたのは、一六種類の基本的な動きに精通することと、HMDの指示に従って、その基本的な動きを実行することだった。それでも小坂は熱心に訓練を受けた。基本的動作は規格化されているのでAIで判定されるが、動きが正しいとスマホアプリに連動したキャッシュレスサービスにポイントが付加される。訓練で優秀な成績を収めれば、ポイントも稼げるのだ。

プログラムは採用者ごとに評価される関係で、訓練修了者から順番に任地に移動する。小坂も一人だけ、運転手付きの高機動車で部隊まで運ばれた。随分と年代物の車両に思えたが、こうして送ってもらえるなら文句は言えまい。

運転している自衛官は、自分に娘がいたらこれくらいかという女性だったが、会話はほぼなかった。

「それではご武運を！」

彼女が小坂にかけた言葉は後にも先にも、この一言だけだった。運ばれたのは、ＭＪＳ13と描かれた建物だが、限界集落の小学校という風情《ふぜい》だ。じっさい小学校跡だという。

ＨＭＤは早速機能し、小隊本部に彼を誘導する。

「すいません、川越小隊長はこちらですか？　今日からこの小隊でお世話になる小坂明夫です」

本当は着任の報告とか様式があるらしいが、一回実演しただけで、自衛隊の方も彼らにそんなことは期待していないようだった。だからついこんな言い方になる。

「あぁ、ご苦労さん。今宮周平だ。よろしく。昔は航空宇宙自衛隊の空曹だったんだよ」

職員室のような小隊本部でそう言って小坂を出迎えたのは、校長先生のような同年輩の男性だった。つまり六〇歳は超えている。

「小隊長の川越さんは……」

「あぁ、川越小隊長は名誉の戦死だよ。まだ、三〇前なのにねぇ。ここなぁ、小隊長がよく殉職するんだよ。なので自分がとりあえず小隊長職務代行だよ」

「あぁ、知らぬこととはいえ、失礼しました」

「いやいや、いいんだよ」

同世代のためか、今宮は親切そうに見えた。

「小坂さんなら心配ないと思うけど、MJS13での長生きの秘訣を教えておくよ」

「はい、何でしょう！」

今宮は迫力のある表情でこう答えた。

「ここにはここのルールがある。生き残るために小隊が作り上げてきたルールだ。それには小隊全員に従ってもらう。たとえそれが小隊長だろうとな」

本書は、書き下ろし作品です。

〈日本SF大賞受賞〉

星系出雲の兵站

（全4巻）

林 譲治

人類の播種船により植民された五星系文明。辺境の壱岐星系で人類外らしき衛星が発見された。非常事態に乗じ出雲星系のコンソーシアム艦隊は参謀本部の水神魁吾、軍務局の火伏礼二両大佐の壱岐派遣を決定、内政介入を企図する。壱岐政府筆頭執政官のタオ迫水はそれに対抗し、主権確保に奔走する。双方の政治的・軍事的思惑が入り乱れるなか、衛星の正体が判明する――新ミリタリーSFシリーズ開幕

〈日本SF大賞受賞〉

星系出雲の兵站—遠征—（全5巻）

林 譲治

人類コンソーシアムに突如届いた「敷島星系に文明あり」の報。発信源は、二〇〇年前の航路啓開船ノイエ・プラネットだった。報告を受けた出雲では、火伏礼二兵站監指揮のもと、バーキン大江少将を中心とする敷島方面艦隊の編組と機動要塞の建造が進んでいた。一方、ガイナス封鎖の要衝・奈落基地では、烏丸三樹夫司令官率いる調査チームがガイナスとの意思疎通の緒を探っていたが……。シリーズ第二部開幕！

ハヤカワ文庫

大日本帝国の銀河（全5巻）

林 譲治

日華事変が深刻さを増す昭和十五年六月。和歌山県の潮岬にて電波天文台の建設に取り組む、天文学者にして空想科学小説家の秋津俊雄は、海軍の要請で火星から来たと言う人物と面会する。いっぽう戦火が広がる欧州各地には、未知の四発爆撃機が出現していた——。架空戦記＋ファーストコンタクトの新シリーズ開幕

ハヤカワ文庫

工作艦明石の孤独（全4巻）

林 譲治

ワープ航法の開発により、六十ほどの植民星系に広がった人類。そのひとつ辺境のセラエノ星系で突如地球圏とのワープが不能となる。星系政府首相のアーシマ・ジャライは、工作艦明石の狼群涼狐艦長に事態の究明を命じる。三十光年の虚空で孤立するセラエノ星系百五十万市民の運命は？　ミリタリー文明論ＳＦ開幕

新・航空宇宙軍史

コロンビア・ゼロ

谷 甲州

〔日本SF大賞受賞作〕外惑星連合が航空宇宙軍に降伏した第一次外惑星動乱から四十年。タイタン、ガニメデ、木星大気圏など太陽系各地では、新たなる戦乱の予兆が胎動していた——。第二次外惑星動乱の開戦までを描く全七篇を収録した、宇宙ハードSFシリーズの金字塔、二十二年ぶりの最新作。解説／吉田隆一

ハヤカワ文庫

オービタル・クラウド（上・下）

藤井太洋

二〇二〇年、流れ星の発生を予測するウェブサイトを運営する木村和海は、イランが打ち上げたロケットブースターの二段目〈サフィール３〉が、大気圏内に落下することなく高度を上げていることに気づく。シェアオフィス仲間である天才的ＩＴエンジニア沼田明利の協力を得て〈サフィール３〉のデータを解析する和海は、世界を揺るがすスペーステロ計画に巻き込まれる。日本ＳＦ大賞受賞作。

異常論文

樋口恭介・編

異常論文とは、生命そのものである。円城塔、青島もうじき、陸秋槎、松崎有理、草野原々、木澤佐登志、柞刈湯葉、高野史緒、難波優輝、久我宗綱、柴田勝家、小川哲、飛浩隆、倉数茂、保坂和志、大滝瓶太、麦原遼、青山新、西島伝法、笠井康平+樋口恭介、鈴木一平+山本浩貴、伴名練の全二十二篇。解説／神林長平

ポストコロナのSF

日本SF作家クラブ編

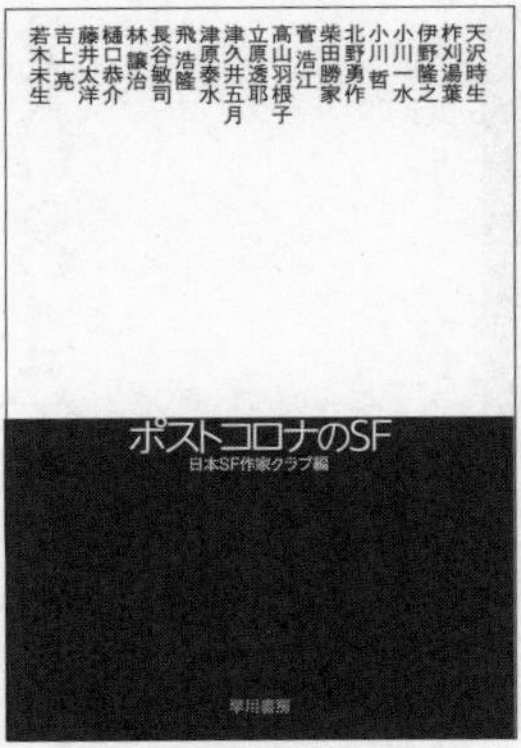

天沢時生、柞刈湯葉、伊野隆之、小川一水、小川哲、北野勇作、柴田勝家、菅浩江、高山羽根子、立原透耶、津久井五月、津原泰水、飛浩隆、長谷敏司、林譲治、樋口恭介、藤井太洋、吉上亮、若木未生――新型コロナウイルス禍の最中にある作家たちの想像力がポストコロナの世界を描いた書き下ろしSFアンソロジー。

ハヤカワ文庫

2084年のSF

日本SF作家クラブ編

逢坂冬馬、青木和、揚羽はな、安野貴博、池澤春菜、空木春宵、粕谷知世、草野原々、倉田タカシ、坂永雄一、櫻木みわ、三方行成、斜線堂有紀、十三不塔、高野史緒、竹田人造、人間六度、春暮康一、久永実木彦、福田和代、麦原遼、門田充宏、吉田親司——二十三人のSF作家が描く『一九八四年』から百年後の未来

AIとSF

日本SF作家クラブ編

画像生成ＡＩ、ChatGPTなどの対話型ＡＩは、恐るべき速度と多様さで人類文明を変えようとしている。その進化に晒された二〇二五年の大阪万博までの顛末、チャットボットの孤独からシンギュラリティまで、二十二作家が激動の最前線で体感するＡＩと人類の未来。日本ＳＦ作家クラブ編のアンソロジー第三弾。

著者略歴　1962年生，作家　著書『ウロボロスの波動』『ストリンガーの沈黙』『ファントマは哭く』『記憶汚染』『進化の設計者』『星系出雲の兵站』『大日本帝国の銀河』『工作艦明石の孤独』『コスタ・コンコルディア　工作艦明石の孤独・外伝』（以上早川書房刊）他多数

HM=Hayakawa Mystery
SF=Science Fiction
JA=Japanese Author
NV=Novel
NF=Nonfiction
FT=Fantasy

知能侵蝕《ちのうしんしょく》3

〈JA1576〉

二〇二四年七月　二十　日　印刷
二〇二四年七月二十五日　発行
（定価はカバーに表示してあります）

著者　林《はやし》　譲《じょう》治《じ》
発行者　早川　浩
印刷者　西村文孝
発行所　株式会社　早川書房
郵便番号　一〇一 - 〇〇四六
東京都千代田区神田多町二ノ二
電話　〇三 - 三二五二 - 三一一一
振替　〇〇一六〇 - 三 - 四七七九九
https://www.hayakawa-online.co.jp

乱丁・落丁本は小社制作部宛お送り下さい。
送料小社負担にてお取りかえいたします。

印刷・精文堂印刷株式会社　製本・株式会社フォーネット社

ISBN978-4-15-031576-4 C0193

本書は活字が大きく読みやすい〈トールサイズ〉です。